Deseo™

D1559774

El mejor premio

KATHERINE GARBERA

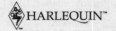

HARLEQUIN™

Editado por HARLEQUIN IBÉRICA, S.A.
Núñez de Balboa, 56
28001 Madrid

I.S.B.N.: 978-84-9000-027-4
Depósito legal: B-15822-2011
Editor responsable: Luis Pugni
Preimpresión y fotomecánica: M.T. Color & Diseño, S.L.
C/ Colquide, 6 portal 2 - 3º H. 28230 Las Rozas (Madrid)
Impresión en Black print CPI (Barcelona)
Fecha impresion para Argentina: 5.12.11
Distribuidor exclusivo para España: LOGISTA
Distribuidor para México: CODIPLYRSA
Distribuidores para Argentina: interior, BERTRAN, S.A.C. Vélez
Sársfield, 1950. Cap. Fed./ Buenos Aires y Gran Buenos Aires,
VACCARO SÁNCHEZ y Cía, S.A.
Distribuidor para Chile: DISTRIBUIDORA ALFA, S.A.

Prólogo

Geoff Devonshire no estaba interesado en el padre biológico al que nunca había conocido. Tenía una agenda de trabajo muy apretada y poco tiempo para todo lo demás aquel día. Pero sentía curiosidad, de modo que decidió acudir a la reunión en el cuartel general del grupo Everest.

El edificio de su oficina estaba en la misma zona de Londres, a la orilla del Támesis, al lado del controvertido ayuntamiento con forma de pepino.

Una secretaria lo recibió en la planta ejecutiva.

—Es usted el primero en llegar a la reunión. ¿Quiere tomar algo?

Cuando él declinó la invitación, la guapa y eficiente secretaria lo acompañó a la sala de juntas y después lo dejó solo.

Geoff se acercó a la pared de cristal para mirar el río Támesis. Era media mañana en el mes de marzo y el sol intentaba asomar entre las nubes que colgaban sobre la ciudad, como de costumbre.

La puerta se abrió y Geoff se volvió para ver a la joven secretaria con otra persona: Henry Devonshire, uno de sus hermanastros. El antiguo capitán de rugby era conocido ahora por sus famosos *reality shows*.

No se habían visto nunca y no sabían nada el uno del otro salvo por la prensa.

—Geoff Devonshire —se presentó, ofreciéndole su mano.

—Henry —dijo él.

Geoff se sentía un poco extraño charlando con aquel hombre por primera vez en su vida. Pero la puerta se abrió de nuevo antes de que pudieran decir nada más y Steven Devonshire entró en la sala de juntas.

Los tres hijos ilegítimos de Malcolm Devonshire estaban en la misma habitación por primera vez en sus vidas. Las revistas de cotilleos darían una fortuna por esa fotografía.

Edmond, el abogado y chico para todo de su padre biológico, entró en la sala en ese momento y los invitó a sentarse. Geoff lo hizo, mirando a los demás hombres. Malcolm Devonshire había admitido ser el padre de los tres, pero nunca había querido ser parte de sus vidas… aunque enviaba un cheque una vez al mes.

Su madre, la princesa Louisa de Strathearn, que a pesar del sonoro título era un miembro menor de la familia real, había mantenido una relación amorosa con Malcolm cuando era muy joven. Hasta que supo que era una de las *tres mujeres* con las que Malcolm Devonshire mantenía una aventura.

Después de eso se retiró a una casa en el campo y, que Geoff supiera, rara vez había salido de allí desde que él nació.

La madre de Henry era una cantante de los años setenta llamada Tiffany Malone. Henry era el mediano.

Steven, el más joven de los tres, era hijo de Lynn Grandings, una doctora en física que había ganado el Premio Nobel. Steven había estudiado en el famoso colegio de Eton y su madre, al saber que Steven iba a ingresar allí, decidió enviar a Geoff a un exclusivo internado en Estados Unidos, en un publicado intercambio con el hijo de un senador norteamericano.

De manera escandalosa, los tres hijos de Malcolm Devonshire habían nacido el mismo año, con unos meses de diferencia.

–¿Por qué estamos aquí? –preguntó Henry.

–Malcolm ha dejado un mensaje para ustedes –contestó Edmond.

–¿Por qué ahora? –se interesó Geoff. Le parecía raro que Malcolm Devonshire reuniera a sus tres hijos después de tanto tiempo.

–El señor Devonshire se está muriendo –les contó Edmond entonces–. Y quiere que el legado por el que tanto ha trabajado siga vivo a través de sus hijos.

Geoff estuvo a punto de levantarse y salir de allí. Él no quería saber nada de Malcolm Devonshire, nunca había querido porque ese hombre había destrozado la vida de su madre. Él tenía dos hermanas, Gemma y Caroline, y detestaba a cualquier hombre que tratase mal a una mujer.

Edmond les pasó una carpeta a cada uno y Geoff se tomó su tiempo para abrir la suya. No sabía qué iba a encontrar en el interior, pero la nota manuscrita lo pilló por sorpresa.

Malcolm quería que dirigiese la línea aérea del grupo Everest y, si obtenía más beneficios que los otros dos en sus respectivos campos, heredaría la presidencia del grupo.

Geoff pensó en lo que significaría dirigir la línea aérea de una corporación como aquélla, un imperio en realidad. Aunque volar era su pasión, jamás había aspirado a ser el propietario de una línea área y su propio negocio lo tenía muy ocupado. Pero no iba a rechazar la propuesta.

Aquélla era la oportunidad de tomar lo que Malcolm había trabajado tanto para levantar y…

¿Y qué? Una parte de él sentía la tentación de arruinarlo. Él no necesitaba el dinero y su madre no aceptaría un céntimo de Malcolm Devonshire porque tenía su propia fortuna personal.

Mientras Henry y Steven hablaban con Edmond, Geoff se echó hacia atrás en la silla, pensativo. Unos segundos después, el abogado se volvió hacia él.

—¿Qué le parece?

—No necesito el dinero de Malcolm —contestó.

También él había heredado un título y una fortuna de sus abuelos maternos. No habría tenido que trabajar si no quisiera, pero los negocios eran su pasión. Sus intereses eran variados y diversos y le gustaba estar ocupado.

—¿Podemos hablar a solas un momento? —preguntó Steven.

Edmond salió de la sala de juntas sin decir nada y, en cuanto la puerta se cerró tras él, Steven se levantó. Geoff sabía que había salvado de la ruina a una famosa empresa de porcelanas. Steven era un hombre de negocios inteligente y sospechaba que sería muy difícil ganarle en aquella competición que Malcolm había preparado para los tres.

—Creo que deberíamos hacerlo —anunció.

–Yo no estoy tan seguro –dijo Geoff–. No me gusta que me digan lo que tengo que hacer. Si quiere dejarnos algo en su testamento, que lo haga.

–Pero esto afecta a nuestras madres –objetó Henry.

Todo lo que Malcolm hacía afectaba a su madre, pero ella no quería saber nada de su antiguo amante. Sin embargo, Geoff quería algo que la compensara por lo que le había hecho.

–Claro que les afecta –admitió–. Y si los dos aceptáis, yo lo haré también. Pero no necesito ni su aprobación ni su dinero.

Los tres estaban de acuerdo en eso y, al final, el consenso fue aceptar el reto que había impuesto el padre al que ninguno de los tres había conocido nunca.

Geoff salió del edificio con Henry.

–¿Lo has visto alguna vez? –le preguntó su hermanastro.

–¿A Malcolm?

–Sí.

–No. ¿Y tú?

Geoff siempre había pensado que Malcolm no había querido saber nada de sus tres hijos y se llevaría una sorpresa si no fuera así.

Henry negó con la cabeza.

–Pero esta proposición parece interesante.

–Desde luego –asintió Geoff–. Aunque yo no tengo experiencia dirigiendo una compañía aérea.

–Ni yo una compañía discográfica.

–Tengo la impresión de que Steven nos lleva ventaja. Mira lo que hizo con la empresa Raleighvale. Yo estoy acostumbrado a dirigir fundaciones y empresas con cuentas saludables…

–A mí me pasa lo mismo –dijo Henry.

Cuando se separaron, Geoff se quedó sentado en su coche, preguntándose cómo iba a ocuparse de la línea área Everest además de su ajetreada vida profesional. Encontraría la manera, se dijo. Siempre lo hacía.

Pero sólo por una vez le gustaría encontrar algo que lo hiciese realmente feliz. Él cumplía con las obligaciones familiares acudiendo a eventos que eran importantes para su madre o sus hermanas y, a partir de aquel momento, iba a tener que levantar una empresa de su padre biológico…

No iba a hacerlo porque fuera su deber. Lo hacía porque quería superar todas las expectativas de Malcolm.

Le gustaba aquel reto, pensó.

Henry y Steven serían buenos adversarios y conocerlos en esas circunstancias le parecía casi lo más lógico. Aquélla era la oportunidad de demostrarse a sí mismo que, como el mayor de los hijos ilegítimos de Malcolm Devonshire, merecía llevarse la parte del león.

Capítulo Uno

El evento al que tuvo que acudir esa misma noche fue largo y aburrido, la típica cena benéfica a la que Geoff preferiría no tener que ir. Pero como miembro de la familia real británica, había ocasiones en las que, sencillamente, no podía declinar una invitación. Y al menos el salón William Kent, en el hotel Ritz, era un sitio precioso.

Su cita de esa noche era Mary Werner, hija del propietario de una multimillonaria empresa de suministros para oficinas. Era una chica encantadora y sería una esposa estupenda… si fuera eso lo que él buscaba. Y sabía que seguramente estaba esperando una proposición de matrimonio.

Sus hermanastras, Gemma y Caroline, de veintitrés y veintiún años respectivamente, decían que era una sosa. Él fingía regañarlas, pero tenían razón. Mary, aunque encantadora, era demasiado aburrida para él.

Los fotógrafos se arremolinaron en la entrada del salón y, cuando miró por encima de su hombro, Geoff vio a Amelia Munroe. Llevaba una túnica roja que parecía abrazar sus generosas curvas y un perrito del brazo. El animal lanzaba un ladrido cada vez que le hacían una foto.

Todas las cabezas se volvieron hacia ella. Amelia

dijo algo con su acento norteamericano y después soltó una carcajada. Y, de repente, a Geoff no le importó tanto estar allí.

—Es Amelia Munroe —dijo Mary.

—Sí, lo sé. Parece que le gusta hacer entradas espectaculares.

—Desde luego. Todo el mundo está mirándola. No sé cómo lo hace —comentó Mary.

Geoff sabía bien cómo lo hacía. Llamaba la atención por su cuerpo, por su sonrisa, por esas carcajadas tan espontáneas. Se movía con total confianza, absolutamente segura de sí misma. Su rizado pelo oscuro sujeto en un moño alto, con varios rizos cayendo alrededor de un rostro ovalado. No podía ver sus ojos desde allí, pero sabía que eran de un azul brillante. Los hombres la deseaban... demonios, también él la deseaba. Y, a juzgar por la reacción de Mary, las mujeres querían ser como ella.

La energía en el salón había cambiado desde su llegada y, aunque los paparazzi tenían que quedarse en la puerta, una ola de emoción pareció recorrer a todos los invitados.

—Imagino que el Fondo Internacional para la Infancia debe de ser uno de sus proyectos favoritos —dijo Mary.

—Debe de serlo —asintió Geoff.

Hubert Grace, un amigo de su padrastro, se disculpó antes de levantarse para saludar a Amelia. Y era comprensible.

Geoff también se sentía atraído por aquella chica, pero sabía por experiencia que las cosas que más le gustaban en el mundo eran peligrosas para él y para su tranquilidad. Y después de haber aceptado el reto de Malcolm tenía que medir sus pasos, algo que siempre lo hacía sentir inquieto.

–¿Tú crees que Amelia se da cuenta de que todo el mundo está pendiente de ella? –le preguntó Mary.

–¿Eso te molesta?

–No, la verdad es que no. Pero me da un poco de envidia.

Mary era una chica preciosa, una auténtica rosa inglesa de piel clara y cabello liso. Sus ojos eran de un bonito color azul, llenos de inteligencia, pero tenía muy poca personalidad. Se dejaba llevar por todos, obedecía todas las reglas… aunque también él tenía que hacerlo en ocasiones. Debido a su posición, tenía que hacer lo que dictaba la sociedad, especialmente en su círculo.

Geoff miró a Amelia, que estaba rodeada de gente. También a él le gustaría estar allí, pero no ser uno más. Dado su estatus, rara vez se conformaba con ser uno más y en aquella ocasión no iba a ser diferente.

–¿Qué es lo que envidias de ella, Mary?

Ella tomó un sorbo de vino mientras miraba a Amelia, que seguía charlando con Hubert.

–Todo el mundo habla de ella, incluso yo. No sé, me gustaría entrar en algún sitio y causar esa impresión.

Geoff estudió a la joven norteamericana. Era guapísima, desde los labios carnosos a su voluptuosa figura. Pero más que eso, era su *joie de vivre* lo que atraía todas las miradas. Solía salir en la revista *Hello!* y en los vídeos de YouTube navegando en su yate por el Mediterráneo. Había dado más de un escándalo, pero no parecía avergonzarse de nada.

Y Geoff se sentía intrigado.

—Yo creo que es porque no obedece las reglas y le da igual si a alguien le molesta —opinó.

—Estoy de acuerdo —intervino su hermana Caroline, que acababa de sentarse a su lado—. Estáis hablando de Amelia, ¿verdad?

—Sí —asintió Mary—. La verdad es que la envidio un poco.

Caroline soltó una carcajada.

—Yo también. Me gustaría llamar la atención tanto como ella.

—Lo haces, Caro, lo que pasa es que no te das cuenta —dijo Geoff.

—Tú eres el único que piensa eso.

Geoff adoraba a sus hermanas, a las que prácticamente había tenido que criar. Su madre había sufrido varios episodios de depresión y a menudo se encerraba en su cuarto durante semanas. Y su padrastro había muerto cuando las niñas tenían cuatro y seis años.

—El hombre de tu vida también se dará cuenta.

—¿Y cuándo va a aparecer el hombre de mi vida? —preguntó Caro.

—Cuando tengas treinta años —bromeó Geoff.

—Ah, pues hasta entonces tendré que pasarlo bien con los demás.

—No si yo puedo evitarlo.

—No podrás, ahora estás demasiado ocupado llevando la línea área Everest.

Geoff hizo una mueca.

El «regalo» de Malcolm Devonshire era una carga muy pesada. Con la subida del precio del petróleo y la crisis económica, las líneas aéreas estaban pasando por un mal momento. Él intentaba implementar ideas creativas, pero le exigía más tiempo del que quería dedicarle al trabajo.

Pero había decidido que era hora de trabajar y jugar duro.

—Cierto, Caro —asintió.

Mary estaba muy callada durante esa conversación y Geoff sospechaba que era porque, en el fondo, esperaba una proposición de matrimonio. Y aunque le gustaba Mary, cuando intentaba imaginarse a sí mismo pasando el resto de su vida con ella, no podía hacerlo.

Sencillamente, era demasiado aburrida. Lo pasaba mejor charlando con sus hermanas que con ella y, al final, eso fue lo que hizo que tomara la decisión. No sería justo ni para Mary ni para él, los dos merecían algo más de una relación sentimental.

Él tenía una vida de deberes y obligaciones y quería que su matrimonio fuese algo más que la unión de dos títulos o dos apellidos. Quería un matrimonio de verdad, todo lo contrario a lo que había visto en su casa. Sabía que nunca podría darle la espalda a sus responsabilidades, pero también quería un matrimonio feliz.

La aventura de su madre con Malcolm Devonshire la había cambiado por completo. Se lo había contado una vez, durante una de sus depresiones. Se había casado con el padre de Caro y Gemma para limpiar su reputación, destrozada tras su aventura con Malcolm Devonshire.

Cuando era más joven, Geoff había visto que su madre se entristecía cada vez que leía algo sobre Malcolm en la prensa y, poco a poco, empezó a no salir de casa.

Y él quería algo más de la vida. Quería algo diferente, una mujer que pudiera despertar su pasión...

Al escuchar risas al otro del salón miró a Amelia, que estaba charlando con varios pretendientes.

La quería a ella.

Amelia Munroe salía a menudo en la prensa, algo que él siempre intentaba evitar. Pero su notoriedad no parecía molestarlo en ese momento.

Estaba acostumbrado a conseguir lo que quería y con Amelia Munroe no sería diferente, se dijo.

Después de tomar un sorbo de martini se echó hacia atrás en la silla, recordando los días que había pasado con ella en Botswana, donde habían ido para llamar la atención sobre los problemas del país. Recordaba lo compasiva y sincera que le había parecido entonces. Nada que ver con la heredera mimada que salía a todas horas en la prensa. No, aquélla era una mujer que se sentaba en el suelo para consolar a un niño, una mujer que recogía los bidones de agua y los suministros médicos que habían llevado para aquella gente... incluso diciendo algunas palabras en su idioma.

Amelia le había contado después que las había aprendido en un viaje previo a la zona.

Esa faceta de Amelia Munroe lo había intrigado, pero verla allí esa noche le recordaba que era una mujer compleja, desconcertante y preciosa. Y una a la que, de repente, estaba empeñado en conocer mejor.

Amelia Munroe sonrió mientras Cecelia, lady Abercrombie, le contaba el desastre que se había organizado durante una cena en su casa la semana anterior.

Amelia desearía ser la frívola que describían los medios de comunicación porque entonces podría darse la vuelta. Pero no iba a hacerlo. Lady Abercrombie era una de las mejores amigas de su madre y, en general, le caía muy bien.

–Bueno, en resumen, alégrate de no haber estado.

–No me alegro de haberme perdido una fiesta en tu casa. Seguro que ocurrió algo interesante.

–Si *tú* hubieras estado allí, habría sido interesante –dijo Cecelia–. ¿Qué tal en Milán?

–Una maravilla. Mi madre ha diseñado una nueva colección que es simplemente espectacular. Estoy deseando que la vea todo el mundo.

–Yo pienso ir la semana que viene.

Aunque tenía más de cincuenta años, Cecelia parecía al menos quince años más joven, con un físico atlético y un peinado siempre perfecto. Pero lo que realmente la hacía parecer más joven era su piel de porcelana, algo que su madre, Mia Domenici, atribuía a los tratamientos que se hacía dos veces al año en Suiza.

–Seguro que lo pasareis bien.

–Estoy deseando. Ah, ahí veo a Edmond, el abogado de Malcolm Devonshire. Voy a preguntarle cómo se encuentra Malcolm. Perdona un momento, Amelia.

–Sí, claro.

Cecelia era una cotilla que conocía los detalles de la vida de todo el mundo. Pero no era mala persona, al contrario.

Amelia vio que un hombre se dirigía hacia ella y lo reconoció al instante: Geoff Devonshire. Habían acudido juntos a varias cenas benéficas y ambos estaban en el consejo del Fondo Internacional para la Infancia.

Había algo en aquel hombre, con su pelo oscuro y ondulado y sus penetrantes ojos azules, que le resultaba irresistible. Recordó entonces una foto que había visto de él, al lado de su jet privado, en vaqueros… y sin camisa.

Para comérselo. Tenía los pectorales tan marcados como los modelos italianos que su madre contrataba para desfilar por la pasarela.

Pero, al contrario que otros hombres, Geoff nunca le había prestado mucha atención. Y eso la volvía loca.

–Buenas noches, Geoff –iba a darle el consabido beso en la mejilla, pero él la sorprendió tomándola por la cintura y plantándole un beso en los labios.

Amelia inclinó a un lado la cabeza, intentando disimular que la había pillado totalmente desprevenida.

Era *ella* quien hacía cosas imprevisibles.

–¿No crees que te has pasado un poco?

–Puedo ser un canalla con mucha cara cuando quiero –replicó Geoff.

Pero era ella quien daba escándalos, pensó Amelia. Aunque había crecido rodeada de riquezas y privilegios, había nacido en medio de un escándalo. Su madre era entonces amante de Augustus Munroe, un magnate de Nueva York que estaba casado y que había revolucionado la industria hotelera con sus establecimientos de superlujo.

–Pero no quiero hablar de mí –siguió Geoff, clavando en ella sus increíbles ojos azules.

Amelia tomó un sorbo de champán.

–¿Ah, no? ¿Entonces de qué quieres hablar?

–De nosotros.

–¿De nosotros?

–Podríamos cenar juntos mañana.

–Vaya, capitán Devonshire, ¿me lo está pidiendo o me lo está ordenando?

«Capitán» era uno de los numerosos títulos de Geoff Devonshire, que había sido un héroe condecorado durante la Primera Guerra del Golfo.

Lo había dicho de broma, pero la verdad era que estaba sorprendida. Después de ignorarla durante tanto tiempo, ¿por qué de repente se mostraba interesado en ella?

Geoff sonrió.

–Te lo estoy pidiendo, por supuesto.

–¿Pero no sales con Mary Werner?

–Nos hemos visto durante un tiempo, pero no hay nada serio entre nosotros. ¿Eso es un problema?

–No, no…

–No sabía que estuvieras interesada en la exclusividad.

Geoff creía conocerla, estaba claro. Pero no sabía por qué. ¿Por lo que había leído de ella en las revistas? Amelia siempre había tenido cuidado para no repetir los errores de su madre. Ella no quería enamorarse de un hombre casado.

–Tal vez no sepas de mí tanto como crees.

–Tienes razón, lo siento. En realidad, no sé nada sobre ti.

17

—Acepto la disculpa —dijo Amelia—. Tú mejor que nadie deberías saber que lo que publican en las revistas casi nunca es verdad.

—Dame una oportunidad para compensarte por este mal paso —dijo Geoff—. Deja que te invite a cenar.

—¿Por qué? ¿Estás buscando a la chica de la que hablan las revistas?

—No, pero hay algo en esa chica que me intriga.

Amelia tenía miedo de creerlo. Geoff era diferente a los demás hombres que conocía, pero eso no significaba que pudiese confiar en él. Sabía que era un hombre serio y trabajador, que ponía las obligaciones por encima de cualquier otra cosa. En realidad, había pensado que tenían poco en común ya que a ella no le importaba ser el centro de atención y Geoff solía apartarse de los medios.

—Si cenas conmigo, habrá fotos y rumores.

—Lo sé.

—¿Y no te importa?

—No.

—Entonces, nos vemos mañana por la noche.

—Yo me encargo de reservar mesa. Iré a buscarte a las ocho.

—Nos vemos entonces —se despidió Amelia, antes de darse la vuelta.

Siempre era la primera en darse la vuelta. Había empezado a hacerlo a los veintiún años porque no quería que nadie volviese a dejarla plantada. Y al decir nadie se refería a su padre y a todos los demás hombres.

Geoff era diferente y por eso le parecía importante que fuera ella la primera en apartarse. Además, la había dejado perpleja al pedirle que cenase con él estando con Mary Werner. ¿Qué significaba aquello? ¿La atracción que había habido entre ellos desde el principio se habría vuelto demasiado fuerte como para contenerla?

Amelia se ocupó de las celebridades de medio pelo que estaban en su mesa, intentando olvidarse de Geoff. Sabía que todos ellos habían aceptado la invitación con la esperanza de salir con ella en las fotos al día siguiente y no le importaba.

Bailó con todos los hombres de la mesa, intentando no buscar a Geoff con la mirada, pero cuando llegó el momento de subir a la tarima para explicar una serie de diapositivas sobre su reciente viaje a Botswana se distrajo recordando a Geoff durante ese viaje…

Recordaba haberlo visto hablando con la gente del poblado y ayudando cuando a alguien se le pinchó una rueda. Parecía ser algo más que una cara bonita, más que un hombre que cumplía con su deber porque eso era lo que se esperaba de él.

Y, aunque le había sorprendido que la invitase a cenar, se alegraba. Estaría bien pasar un rato con un hombre que era más de lo que parecía ser.

Geoff volvía a su mesa, pero se detuvo cuando Edmond lo tomó del brazo. Había coincidido en numerosas cenas benéficas con el abogado de Malcolm, pero era la primera vez que se dirigía a él en público.

–¿Sí?

–Necesito hablar con usted un momento.

–Sí, claro –Geoff se dirigió a una zona menos concurrida del salón–. Dígame.

–Le he visto hablando con Amelia Munroe.

–¿Y?

–Quería recordarle la cláusula del testamento de su padre. Ya sabe que debe evitar los escándalos a toda costa.

–Malcolm nunca ha querido saber nada de mí y no voy a dejar que me diga lo que debo hacer con mi vida.

–Lo entiendo, pero tenga cuidado. No quiero que pierda su parte de la fortuna Devonshire.

Geoff se alejó sin responder, frustrado con aquella situación. Incluso pensó en decirle a Edmond que podía quedarse con la línea aérea Everest, pero su madre merecía algo por la felicidad que Malcolm Devonshire le había robado.

Cuando estaba llegando a la mesa vio que Mary se dirigía a la pista de baile con Jerry Montgomery. Jerry era un buen tipo, un periodista deportivo norteamericano que solía cubrir los eventos británicos para ESPN. Tenía una sonrisa de anuncio, con unos dientes blanquísimos.

Pero, por alguna razón, nunca le había caído bien. No podría decir por qué y tampoco había pensado mucho en ello, sencillamente así era. A Mary, sin embargo, parecía caerle bien. De hecho, tenía las mejillas rojas después de bailar con él y Geoff se dio cuenta de que le gustaba. Y también de que él no estaba celoso en absoluto. Al contrario, se sentía aliviado.

–¿Qué tal el baile?

–Muy bien, me encanta esa canción.

La canción era *I've Got You Under My Skin,* que había hecho famosa Frank Sinatra. Le recordaba a su madre enseñándolo a bailar cuando era niño.

–Me alegro de que Jerry te haya invitado.

–Yo también –dijo ella, sin mirarlo–. ¿Dónde está Caroline?

–Se ha marchado. Ha dicho que esta fiesta era un aburrimiento.

–Imagino que lo es… para ella. Y para ti también –dijo Mary, mirando a Amelia.

–Sí, bueno, es el tipo de evento al que tengo que acudir.

Ella sonrió entonces.

–La llamada del deber, claro.

–Desde luego. Pero ya me he cansado por hoy. ¿Nos vamos?

Geoff acompañó a Mary, pero no le apetecía volver a su lujosa casa en Greenwich. Se sentía inquieto y no sabía lo que necesitaba, pero sabía que no era volver a su casa.

En realidad, sí sabía lo que necesitaba pero no podía tenerlo hasta el día siguiente.

Normalmente, cuando se sentía así solía subir a su avioneta, una Lear clásica de 1983, y se marchaba unos días. Cuando estaba volando no era Geoff Devonshire, el hijo ilegítimo de Malcolm Devonshire y la princesa Louisa de Strathearn. En lugar de eso era simplemente Geoff y no había reglas, ni obligaciones, nadie que quisiera algo de él.

Pero se encontró en un bar en Leicester Square donde un amigo suyo solía poner música. Entró por la parte trasera para evitar a los paparazzi y se sentó al fondo del bar.

La música electrónica estaba tan alta que la sentía hasta en las tripas mientras seguía pensando en Amelia. Le había pedido disculpas por el comentario sobre su personalidad y esperaba que lo hubiese perdonado pero, por si acaso, llamó a Jasper, su mayordomo, para enviarle un regalo.

Tenía que ser algo que le gustase de verdad. Y algo que demostrase que para él era algo más que la chica escandalosa que salía en las revistas.

Había comprado una talla en África que la había visto admirar, tal vez porque en el fondo siempre había sabido que tarde o temprano la invitaría a cenar. Escribió una nota en un papel con el escudo de su familia, que Jasper le había llevado al club, y envió al mayordomo a su casa.

Su móvil sonó poco después y Geoff miró la pantalla. Era Grant, su vicepresidente en la línea aérea Everest. Y, dada la hora que era, seguramente no sería una buena noticia.

–Dime.

–Tenemos un problema. Mi contacto con el sindicato dice que los encargados de equipajes se van a poner en huelga.

–Pero no son empleados nuestros, sino del aeropuerto, ¿no? –preguntó Geoff.

Dirigir la línea aérea era algo a lo que todavía no se había acostumbrado. Como antiguo piloto de la RAF, él conocía los aviones y sabía lo que había que hacer para pilotarlos. Y, como empresario, sabía hacer negocios. Pero el negocio aéreo era algo que aún estaba aprendiendo.

–Así es –dijo Grant.

–Pues vamos a hablar con el jefe para ver cómo podemos endulzar el trato. ¿Quién está a cargo?

—Max Preston. Tal vez deberíamos hablar con él.

—Dile que vaya a mi oficina mañana, que queremos conocer sus demandas. Escuchar es la clave de la situación.

La gente de su equipo en Air Everest estaba esperando que demostrase su valía y Geoff lo prefería así. Llevaba toda su vida asegurándose de que todo el mundo supiera que su padre no lo había ayudado para nada.

—He tenido que lidiar con todo tipo de gente hostil, incluidos los rebeldes en Uganda, que no creían que hubiera sitio allí para mi fundación. Pero me senté con ellos, los escuché y el líder rebelde por fin habló conmigo —Geoff recordó esa larga noche, sentado frente a un hombre con un AK-47 en las manos, un hombre que quería expresar el deseo de millones de hombres: que lo escucharan y lo tratasen de manera justa. Ésas eran cosas que Geoff no podía prometer, pero sí podía prometer que hablaría con sus amigos en el gobierno y, gracias a ello, consiguió algunas concesiones para los rebeldes.

—No tenía ni idea —dijo Grant—. Pensé que te dedicabas a viajar por ahí, de fiesta con tus amigos ricos.

—¿Estás celoso?

—Desde luego que sí. ¿Quién no querría vivir como tú?

—No es tan estupendo como crees.

—Nada lo es —asintió Grant—. ¿A qué hora le digo que vaya a la oficina?

—Temprano. De ese modo, podrá volver para hablar con su gente el mismo día.

—Muy bien, te llamaré cuando esté arreglado.

–Perfecto –dijo Geoff–. No queremos que los viajeros se enfaden porque nadie se encarga de sus maletas. Has hecho muy bien en llamarme.

–Dale las gracias a mi mujer. Es ella quien lo ha sugerido.

Geoff sonrió para sí mismo. A veces las mujeres eran las primeras en llegar al corazón de un problema, algo que él había aprendido de su madre y sus hermanas.

Grant iba a ser una buena ayuda en la empresa, pensó. Llevaba tres años trabajando allí y, aunque los beneficios no se habían incrementado en ese tiempo, tampoco habían disminuido.

Geoff sabía por su propio negocio que la vigilancia constante era la clave para conseguir un aumento de beneficios y podría hacerlo con gente como Grant a su lado.

Ganar la competición contra sus hermanastros era importante para él, tal vez por una cuestión familiar. Y él siempre tenía éxito cuando decidía que algo le importaba de verdad.

Geoff miró su reloj y se dio cuenta de que llevaba dos minutos sin pensar en Amelia.

Estaba deseando verla al día siguiente y conocer a la mujer que había detrás de la figura a la que retrataban los paparazzi porque no resultaba fácil reconciliar esas dos caras tan diferentes. Era un enigma que Geoff quería, necesitaba, resolver.

Capítulo Dos

A Amelia le encantaba Londres por la mañana, a pesar de que la ciudad estaba llena de gente que iba a trabajar y turistas que iban de los palacios al Big Ben. Claro que, para ser justo, el día para ella empezaba después de las diez.

Después de ponerse un sujetador deportivo, una camiseta y un pantalón corto, se disponía a correr un rato cuando sonó su móvil. Amelia miró la pantalla y comprobó que era su hermano mayor, Auggie. Estuvo a punto de no contestar y dejar que saltase el buzón de voz, pero la única vez que lo hizo su hermano llamaba para pedirle ayuda…

—Buenos días, Auggie.

—Necesito que me hagas un favor.

Amelia se apoyó en la pared del vestíbulo. No la sorprendía en absoluto. Su hermano era la clase de persona que siempre necesitaba algo, pero había estado a punto de perderlo por su adicción a las drogas y le había prometido que, si las dejaba, siempre estaría ahí para ayudarlo.

—¿Qué clase de favor?

—No puedo ir al consejo de administración de los hoteles Munroe esta tarde. De hecho, necesito toda la semana libre. ¿Crees que podrías ocupar mi puesto?

—No, Auggie, no puedo.

Su hermano tenía un serio problema con la responsabilidad. Aunque era ella quien siempre salía en las revistas, Auggie vivía su vida como si no le debiera nada a nadie y su psicóloga le había dicho que dejase de ayudarlo.

Auggie sólo tenía once meses más que ella y, dadas las circunstancias de su nacimiento y su complicada familia, sólo se habían tenido el uno al otro cuando eran pequeños.

Sus padres eran unos amantes apasionados, pero no sabían cómo tratarse fuera del dormitorio. Y los dos eran personas demasiado egocéntricas como para ser buenos padres, de modo que Auggie y ella se habían criado prácticamente solos.

–Lia, por favor.

Aquello era lo más difícil, pensó Amelia, porque a pesar de todo quería mucho a Auggie y no le gustaba tener que decirle que no.

–De verdad, no puedo. Tengo que ir a la fundación Munroe esta tarde, voy a presentar mi informe sobre el viaje a Botswana.

–¿Y no puedes dejarlo para otro día?

Amelia se pasó una mano por el cuello. Si le decía que sí, Auggie esperaría que llevase las dos ramas del negocio familiar otra vez. Ella había elegido la fundación porque le gustaba el trabajo y Auggie se había encargado de dirigir la cadena de hoteles Munroe, pero había tenido que echarle una mano muchas veces ya que, aparentemente, Auggie no había heredado la capacidad empresarial de su padre.

–No puedo, de verdad.

–Yo no voy a poder ir. Si tú no ocupas mi puesto,

el consejo de administración podría organizar una elección de urgencia… y entonces no habría un presidente con el apellido Munroe.

Su padre se pondría furioso si los dos se perdían la reunión y Amelia no quería hacer nada que obligara a Augustus Munroe a inmiscuirse en sus vidas.

—Eso no es justo. Tú sabes que yo no puedo llevar las dos cosas. No puedo hacerlo, Auggie.

—Es tu decisión, Lia. Tal vez sería mejor dejar que otra persona se hiciera cargo de los hoteles…

—¿Quieres que a papá le dé un ataque? —exclamó Amelia.

Su hermano tenía una relación de amor-odio con sus padres y, mientras ella intentaba mantener la paz a distancia, Auggie hacía todo lo posible para sacarlos de quicio.

—No me importaría nada —respondió su hermano.

Amelia suspiró. Su padre estaba recuperándose de una operación a corazón abierto y no quería disgustarlo.

—Muy bien, lo haré. Pero tienes que volver a la oficina en una semana. Si no, yo misma pediré que te reemplacen. No pienso seguir haciendo el trabajo por ti.

—Eres la mejor, Lia. Hablaremos dentro de unos días.

Amelia volvió a suspirar. Corría todas las mañanas en Hyde Park y aquella mañana lo necesitaba más que nunca. Auggie la sacaba de quicio, pero era su hermano.

Mientras corría, adelantando a los turistas que seguían el paseo de la princesa Diana hasta el palacio de Buckingham para ver el cambio de guardia, intentaba olvidarse de todo mientras escuchaba música en su iPod.

Debería estar pensando en su trabajo o en el fin de semana, cuando iría a ver a su padre, pero en lugar de eso estaba pensando en Geoff Devonshire.

Geoff era tan atractivo como el señor Darcy, el protagonista de *Orgullo y prejuicio*, de Jane Austen. Qué interesante que un hombre con maneras aristocráticas siguiera siendo un ejemplo cien años después, pensó. Pero la verdad era que los hombres no habían cambiado tanto y las mujeres seguían sujetas a sus caprichos.

La psicóloga a la que su madre la llevó cuando cumplió los trece años le había dicho que tenía problemas con los hombres. Y eso seguía siendo verdad.

Siempre estaba intentando demostrarle algo a un hombre y Geoff seguramente no sería diferente. Aunque le gustaría pensar que le daba igual, sabía que no era así. Una parte de ella habría querido estar sentada a su lado en esa discreta mesa en lugar de ser el centro de atención.

Geoff había nacido en medio de un escándalo, como ella, pero en lugar de verse atrapado por un torbellino de paparazzi, había logrado hacerse una vida respetable.

En cierto modo, le gustaría tener lo que él tenía. Ella era la favorita de los medios porque siempre hacía cosas que llamaban la atención. Y las mismas cosas que la hacían salir en las portadas de las revistas le conseguían la atención de su padre.

Pero eso era antes, cuando era una cría.

En el portal de su casa vio a Tommy, el fotógrafo

que siempre parecía estar siguiéndola, apoyado en la pared. Llevaba unos vaqueros gastados, una camiseta ancha y un chaleco de color caqui con montones de bolsillos.

Por supuesto, le hizo varias fotografías mientras entraba en el portal que seguramente aparecerían en alguna página web.

–Buenos días, señorita Munroe. Hay un paquete para usted –la saludó el conserje brasileño.

–Gracias, Félix.

El joven le dio también una toalla y una botella de agua mineral, como todos los días. Félix era un chico muy guapo que había ido a Reino Unido para trabajar como actor, pero no dominaba bien el idioma y se pagaba las clases trabajando como conserje.

Amelia subió a su ático en el ascensor y, en cuanto entró en el salón, su dachshund, Lady Godiva, empezó a ladrar alegremente.

Ella se inclinó para acariciarla antes de acercarse a uno de los ventanales para mirar la ciudad mientras bebía un poco de agua.

Después, miró el paquete que había dejado sobre la mesa. Era un paquete enviado por mensajero...

Geoff Devonshire.

Lady Godiva bailaba a su alrededor con una pelota de tenis en la boca y, riendo, Amelia se inclinó para lanzarla al otro lado del salón.

Mientras la perrita corría tras ella, Amelia se dejó caer sobre el brazo de un sofá para abrir el misterioso paquete.

¿Qué le habría enviado?

Dentro del paquete había algo envuelto en papel

de seda blanco con el escudo de la familia Strathearn pero, por un momento, casi no se atrevía a abrirlo. No quería pensar en Geoff como algo serio, quería que fuera sólo un hombre guapo con el que iba a salir a cenar.

No quería que le importase de verdad.

—No seas boba —se regañó a sí misma, mientras apartaba el papel.

Se quedó helada al ver una exquisita talla africana. Sabía que la había comprado en Botswana porque ella misma había visto al artista tallándola cuando estuvieron allí. ¿Habría notado que le gustaba?

Sobre la talla había una sencilla nota:

Estoy deseando conocer mejor a la mujer que hay detrás de los titulares.

Amelia se dijo a sí misma que sólo había escrito eso para conquistarla, pero de todas formas su corazón se aceleró. Sonriendo, tomó la talla y la llevó a su dormitorio para colocarla sobre la cómoda.

A las once, Geoff recibió una llamada de Steven para preguntarle si podían quedar los tres esa semana y, después de mirar su agenda, dejó escapar un suspiro.

No tenía mucho tiempo libre y el que tenía prefería pasarlo con Amelia. Sabía que le gustaban los focos, pero Geoff había aprendido de su madre que vivir bajo el constante escrutinio de los medios complicaba mucho la vida. Por eso había decidido llevarla a dar una vuelta en su avioneta, de ese modo podrían escapar de los fotógrafos.

–Muy bien, dime dónde y cuándo y le enviaré un mensaje a Henry.

Geoff anotó el móvil de Steven. Nunca había tenido hermanos y, a los treinta y ocho años, le parecía demasiado tarde para forjar una relación con ellos, pero estaba dispuesto a intentarlo.

–¿Puedo hacerte una pregunta personal? –inquirió Steven.

–Sí, claro.

–¿Alguna vez has deseado haber estudiado en Eton? De ese modo nos habríamos conocido antes.

Geoff no había pensado mucho en ello porque sabía que relacionarse con Steven y Henry le habría roto el corazón a su madre, que no quería saber nada de los hijos de «las amantes de Malcolm».

–Alguna vez –respondió–. Pero creo que teníamos que vivir vidas independientes.

–Eso es verdad. Bueno, nos vemos –se despidió Steven.

Qué abrupto, pensó Geoff, mirando por la ventana que daba al aeropuerto de Heathrow. Aquella vista era diferente a la de su oficina en el corazón de Londres. Su vida, pensó, siempre estaba cambiando y eso le gustaba. Se preguntó entonces si sería debido a su infancia…

¿Por qué estaba siendo tan filosófico de repente? Sospechaba que tenía algo que ver con la presencia de Malcolm en su vida después de tanto tiempo.

Reservó mesa en un restaurante y controló el tiempo que necesitaba antes de ir a buscar a Amelia.

Y no dejó de pensar en ella en toda la tarde. Sólo cuando llegó Caro para hablarle de una fiesta que su madre quería organizar a finales de mes pudo pensar en otra cosa.

—Necesito tu ayuda, Geoff.

—Siempre necesitas mi ayuda —bromeó él.

—Mamá quiere que sea una fiesta privada. No quiere que nos moleste la prensa.

—No creo que eso sea un problema. Nunca han ido a Hampshire y no creo que vayan ahora. Además, es Henry quien les interesa.

—Eso espero.

Caro sonrió, sentándose sobre el escritorio.

—¿Qué tal la sosa de tu novia?

—No es mi novia —respondió Geoff. Después de pedirle a Amelia que cenase con él apenas había vuelto a pensar en Mary, pero la vehemencia de su respuesta los sorprendió a los dos.

—¿De verdad? Yo pensé que ibais en serio.

Geoff negó con la cabeza. No tenía intención de hablar de su vida amorosa con Caro.

—¿Con quién sales tú ahora?

—Con Paul Jeffries.

—¿El futbolista?

Los futbolistas eran famosos por ser engreídos y porque cambiaban de novia cada temporada.

—El mismo.

—No me gusta nada. Es demasiado… salvaje para ti.

—Una pena —replicó su hermana—. Tengo veintiún años, ya no puedes decirme con quién puedo o no puedo salir.

Geoff la miró, con semblante serio.

–Si veo una fotografía tuya en alguna revista de cotilleo, se terminó.

Caro miró su reloj.

–Huy, qué tarde es. Tengo que irme.

–¿Caro? –la llamó él cuando llegaba a la puerta–. Tú sabes que estoy intentando protegerte.

–Sí, lo sé. Y te quiero mucho, pero eres un pesado.

–Yo también te quiero mucho, loquilla.

Cuando su hermana se marchó, Geoff se preguntó si tal vez él debería seguir su propio consejo. Amelia era todo aquello contra lo que advertía a sus hermanas. No pasaba un solo día sin que alguna revista o alguna cadena de televisión hablase de ella.

Pero él era diferente a Caro y Gemma y sabía cómo manejar a Amelia. Además, era un hombre acostumbrado a conseguir lo que quería y no estaba dispuesto a cambiar.

Amelia Munroe lo intrigaba. Había empezado a fijarse en ella en Botswana… ver a aquella chica que siempre salía riendo y divirtiéndose en las fotos sentada en el suelo, jugando con los niños del poblado, había despertado su curiosidad. Era una mujer compleja y quería apartar todas sus capas para ver lo que había en el fondo.

Pero salir con ella no iba a ser fácil debido a sus nuevas exigencias profesionales y necesitaba una razón sólida para hacerlo.

Geoff se levantó para estirar las piernas. Desde la ventana podía ver un cartel de la cadena de hoteles Munroe y, de repente, se le ocurrió una idea: un paquete de vacaciones entre la cadena de hoteles y su línea aérea podría ser muy beneficioso para ambas compañías.

Sí, ésa era la clase de idea que había estado buscando. Algo que lo ayudase a vencer a sus hermanastros y también una razón para pasar tiempo con Amelia.

¿Pasaría por las oficinas de los hoteles Munroe alguna vez? Tendría que averiguarlo.

Amelia y él tenían un pasado parecido, con unos padres más interesados en sí mismos que en sus hijos. Él siempre había sabido que la corporación Everest lo era todo para Malcolm y mejorar lo que él había hecho era un reto interesante.

Geoff sonrió para sí mismo mientras hacía planes para esa tarde. Había reservado mesa en un restaurante africano para recordarle a Amelia que se habían conocido en Botswana y esperaba tener tiempo para conocerla mejor mientras cenaban.

Estaba más que preparado para conocerla mejor y esperaba que ella estuviese igualmente interesada en conocerlo a él. Al auténtico Geoff Devonshire, no al hombre serio y responsable que seguramente esperaría debido a su reputación.

Amelia no estaba acostumbrada a esperar a un hombre, de modo que la ponía un poco nerviosa que Geoff fuese a buscarla a casa. Además, había pasado la tarde en la fundación Munroe, intentando convencer al patronato para que adoptase sus propuestas, y la reunión no había sido fácil.

–¿Por qué estás nerviosa? –le preguntó Bebe, mientras tomaban un refresco en un pub cerca de la estación de Waterloo.

–No estoy nerviosa –mintió Amelia.

Era absurdo estar nerviosa por una simple cita. Geoff sólo era un hombre, uno con el que saldría un par de veces y nada más. Lo embrujaría con su sonrisa y su personalidad y luego le diría adiós. Como hacían los hombres.

–Qué mentirosa.

–Bebe…

–Cualquier otra persona creería que estás totalmente segura de ti misma, pero yo te conozco bien y sé que estás nerviosa.

Bebe era su mejor amiga desde el colegio y se habían hecho amigas cuando eran dos patitos feos. Bebe era entonces una chica gordita de pelo encrespado y Amelia llevaba un aparato en los dientes y era alta y flaquísima. Entonces eran una pareja extraña. Ninguna de sus compañeras hubiera podido predecir que acabarían siendo famosas y envidiadas por todos.

–Él es diferente. Sé que no quiere cenar conmigo para salir en las páginas de sociedad.

–Y no sabes cómo tratarlo –aventuró Bebe.

–No, no es eso.

–Sea lo que sea, ten cuidado. Será mejor que no pierdas la cabeza.

Bebe tenía razón. No podía dejarse llevar por los nervios porque tendía a actuar sin pensar cuando estaba nerviosa y siempre acababa lamentándolo.

–No pasa nada. Una copa de vino y todo irá bien.

–Estás preciosa, además –dijo Bebe–. El turquesa te sienta de maravilla.

–Gracias, cielo. Me lo recomendó mi madre.

–¿Qué tal en Milán, por cierto?

35

–Genial –Amelia le hizo un guiño–. De hecho, te he traído una cosita –dijo luego, ofreciéndole una bolsa.

Bebe tomó la bolsa, pero no la abrió.

–¿Qué te pasa? Estás rara. ¿Es algo más, aparte del guapísimo Devonshire?

Amelia negó con la cabeza. Bebe era la única persona que conocía los problemas de Auggie y le gustaría poder contarle la última de su hermano. Pero sabía lo que diría: no le des alas.

¿No había escuchado esas mismas palabras muchas veces? Debería obligarlo a hacerse responsable de su trabajo, pero no estaba dispuesta a dejar que alguien que no fuera de la familia dirigiese la cadena de hoteles Munroe.

–No, nada.

–¿Es Auggie?

Amelia sacudió la cabeza, incrédula.

–¿Cómo lo sabes?

–Te conozco. Además, tu madre está bien y tu padre se está recuperando de la operación, así que sólo queda Auggie ¿Qué ha hecho esta vez?

–Necesitaba unos días de vacaciones.

–Y tú estás haciendo su trabajo, claro –dijo Bebe.

–Sé que no debería, pero no estoy dispuesta a que nos quiten el sitio en el consejo de administración.

Bebe apretó su mano.

–Cuéntamelo todo.

Amelia le habló del ultimátum del consejo: si Auggie seguía saltándose reuniones y faltando a la oficina, ella tendría que ocupar su puesto o elegirían a otra persona.

–¿Y piensas hacerlo?

–No tengo ni idea. Podría llevar la fundación y la cadena de hoteles, pero entonces no podría hacer nada más.

–Puedes hacerlo, estoy segura.

Amelia sabía que era cierto. A veces desearía ser la escandalosa y frívola heredera de la que hablaban en las revistas, pero ella no era esa persona.

Ella quería que su vida fuese algo más que cenas benéficas y negocios familiares. Quería volver a casa y encontrarse con alguien, además de Lady Godiva, tener a alguien que la quisiera de verdad, que cuidase de ella como ella cuidaba de Auggie.

–Tengo hasta la próxima reunión del consejo para decidirme.

–¿Cuándo será la próxima reunión?

–Dentro de tres meses.

–Ya se te ocurrirá algo –dijo Bebe–. En cualquier caso, yo te apoyaré decidas lo que decidas. Pero debes hacer lo que sea mejor para ti.

Mientras salían del café, Amelia escuchó murmullos a su alrededor y sonrió como si no le importase en absoluto. No sabía cómo iba a mantener esa sonrisa durante toda la noche, pero iba a intentarlo.

Sólo su amiga Bebe sabía que ella era mucho más que una chica que iba de fiesta en fiesta y prefería que fuera así. Por mucho dinero y mucho tiempo que dedicase a causas benéficas, los medios de comunicación no estaban interesados en eso y sólo publicaban tonterías sobre con quién salía, a qué fiestas iba o de qué diseñador era el vestido que llevaba para cada ocasión.

Pero, en realidad, tenía miedo de que vieran a la

auténtica Amelia, miedo de perder una parte de sí misma si así fuera.

Geoff parecía diferente a los demás hombres con los que había salido, pero tenía miedo de creer eso. Los hombres la habían defraudado muchas veces y, como resultado, no confiaba demasiado en su buen juicio a la hora de elegir pareja. Además, podría acabar siendo como los demás.

Esa noche debía mantener la cabeza fría y mostrarse segura de sí misma. No quería que supiera que había estado una hora eligiendo lo que iba a ponerse y lo que iba a decir. Quería que viera a la mujer que veía todo el mundo: la heredera de una cadena de hoteles que no pensaba más que en ir de fiesta.

Aunque era más difícil de lo que podría parecer. Ser tan frívola exigía un gran esfuerzo. Amelia sonrió al conserje cuando entró en el portal y tomó el ascensor privado que subía directamente a su ático.

Su perrita estaba esperándola, como siempre, y la tomó en brazos para hacerle carantoñas.

Por un momento, deseó no tener que ponerse un disfraz cada vez que salía de casa. Casi desearía poder bajar la guardia y contarle a Geoff lo difícil que era mantener esa ilusión que era Amelia Munroe.

Capítulo Tres

Amelia soltó una carcajada y todas las cabezas se volvieron hacia ella. Geoff empezaba a acostumbrarse a que llamase la atención en todas partes… y la verdad era que lo dejaba sin aliento. Era una persona encantadora, divertida, inteligente. Y esa noche, aunque todo el mundo estaba mirándola, Amelia estaba concentrada en él.

—Así que tu superior te pilló en una situación comprometida. ¿Qué hiciste?

—Le dije que estaba cumpliendo con mi deber hacia mi reina y mi país.

Amelia rió de nuevo y fue entonces cuando se dio cuenta de que la risa no llegaba a sus ojos. Se reía de la anécdota porque era divertida, pero había algo que la tenía disgustada o preocupada, estaba seguro.

—¿Te encuentras bien?

—Sí, claro. ¿Por qué lo preguntas?

—Por tus ojos.

—¿Qué le pasa a mis ojos? —preguntó Amelia.

—Me he dado cuenta de que estás distraída por algo. No me malinterpretes, eres un público estupendo, pero sé que estás pensando en otra cosa.

Ella lo miró, perpleja.

—¿Cómo lo sabes?

—Porque sí. ¿Qué te pasa?

–No merece la pena hablar de ello. Especialmente cuando estoy cenando con un hombre tan guapo como tú.

Geoff tomó su mano y se la acarició.

–Soy algo más que un hombre guapo.

–Y sexy.

Él sintió la tentación de dejarse llevar, pero sabía que aquélla era su oportunidad de mantener una conversación de verdad y no pensaba dejarla escapar.

–Más tarde, cuando te dé un beso de buenas noches, podemos hablar de lo sexy que te parezco. Pero ahora quiero saber qué estás pensando.

Amelia apretó su mano durante un segundo antes de soltarlo.

–Mira, todo esto es un poco serio para una primera cita, ¿no?

–Tú y yo estamos por encima de las primeras citas. Cuéntamelo, venga.

–No puedo hacerlo… –Amelia sacudió la cabeza–. Sé que lo haces con buena intención, pero si te lo cuento, se acabaría la cita.

Geoff intuía que había mucho más en ella de lo que podía verse a simple vista y aquél era el momento de descubrir qué era.

–Confía en mí. Se me da bien guardar secretos.

–¿Ah, sí?

–Sí –respondió él–. Además, pase lo que pase entre nosotros, me gustaría creer que somos amigos.

Por el brillo de sus ojos, se dio cuenta de que también ella esperaba eso.

–¿Qué sabes de mi familia?

–Que tenemos muchas cosas en común en lo que respecta a nuestro nacimiento.

–Sí, desde luego. Bueno, tienes más en común con mi hermano. Mis padres se casaron antes de que yo naciera.

–Pero hubo un escándalo de todas formas.

–Sí, lo hubo –Amelia asintió con la cabeza–. Pero la verdad es que no me apetece hablar de esto. Por favor, Geoff, vamos a seguir disfrutando de la noche. Cuéntame historias de tu vida en la RAF.

Geoff se echó hacia atrás en la silla, tomando un sorbo de vino. Olvidarse del asunto sería tan fácil. Y tal vez eso era lo que haría un caballero.

Pero él quería mostrarse natural, en conocerla de verdad. Quería saber de Amelia más que ningún otro hombre.

–De verdad estoy interesado. Y mi familia también es complicada, te lo aseguro. Sé que no es fácil vivir tu vida y cumplir con las obligaciones familiares.

–Lo dices como si tuviéramos en común algo más que el escándalo de nuestro nacimiento.

–Tenemos mucho en común, cariño. Eso ya lo sabemos por los días que pasamos en Botswana.

–Sí, imagino que sí.

Amelia tomó el tenedor para seguir cenando y Geoff esperó, pensando que, si se mostraba paciente, le confiaría sus problemas.

–¿Y bien?

–No sé si puedo hablar de ello y la verdad es que no me apetece.

–Dime qué es lo que te preocupa –insistió Geoff. Sabía que estaba sufriendo por algo y le gustaría ayudarla.

–Tengo que encontrar la manera de convencer al consejo de administración de la cadena de hoteles Munroe para que no echen a mi hermano de su puesto como presidente. Y no sé cómo hacerlo sin comprometerme a ocupar su sitio.

Geoff se quedó sorprendido. Había esperado otra cosa. Cualquier cosa salvo eso.

–¿Tú podrías dirigir la cadena de hoteles?

–Sí, claro. Pero tengo responsabilidades en la fundación Munroe y sería demasiado trabajo.

–¿Y tu hermano?

–Auggie no… bueno, para resumir: no es un hombre como tú.

¿Qué clase de hombre creía que era?, se preguntó Geoff.

–¿En qué sentido?

–Auggie nunca ha puesto las responsabilidades familiares por encima de todo lo demás y no lo hará nunca –Amelia suspiró–. Y yo debo decidir si voy a seguir ayudándolo o voy a dejar que se hunda. Pero si dejo que se hunda, el sueño de mi padre de que la cadena de hoteles Munroe siga siendo dirigida por la familia se irá al traste.

Amelia sabía que estaba hablando demasiado, pero había algo en los ojos azules de Geoff, en su forma de inclinarse hacia ella mientras hablaba, que invitaba a contarle secretos.

Y eso era muy peligroso.

No le importaba contarle cosas de Auggie y de la cadena de hoteles Munroe, pero había otros secretos que debía proteger. Secretos que serían dañinos para ella si Geoff resultaba no ser el hombre que creía que era.

Dudaba que supiera que tenía un título de la universidad de Harvard ya que lo había conseguido usando el nombre de su madre para evitar que los paparazzi la molestasen en la universidad. O que había sido ella quien dirigía la cadena de hoteles en los últimos años, cuando Auggie tenía problemas con las drogas, porque había evitado que su nombre apareciese en ningún sitio mientras su hermano estaba en una clínica de rehabilitación.

–¿Por qué intentas salvarle el pellejo a tu hermano? –le preguntó Geoff–. ¿No es mayor que tú?

Por supuesto, él la veía como una hermana pequeña a la que había que proteger. Lo sabía porque lo había visto con Caroline y Gemma.

–Auggie y yo nacimos con once meses de diferencia así que no lo veo como un hermano mayor.

–Pues deberías –dijo él.

Amelia sonrió.

–Veo que las cosas que dicen de ti son ciertas.

–¿Qué cosas dicen de mí?

–Que tu familia es lo primero para ti –contestó ella.

Aunque la gente podría pensar que su situación era mejor, Geoff tenía una familia de verdad, algo que sus padres nunca habían sido capaces de crear.

Amelia había descubierto desde niña que tener unos padres que no se llevaban bien no era ninguna ventaja. Y sus peleas no eran siempre en la intimidad, de modo que los paparazzi lo habían pasado en grande con ellos.

¿Cómo hubiera sido crecer con unos padres que

se preocupasen por ella?, se había peguntado muchas veces.

Pero si su infancia hubiera sido diferente, tal vez no sería la mujer que era en aquel momento.

Como había dicho la actriz Sandra Bullock: «Yo me completo a mí misma». Esa frase podría aplicársele a ella y debía recordarlo.

–¿Qué estás pensando? –le preguntó Geoff.

–Lo siento, vamos a hablar de otra cosa. No necesito que tú resuelvas mis problemas.

–No recuerdo haberte ofrecido mi hombro para llorar –bromeó él.

–Sí, bueno, no tenías que decirlo.

–Se me ha ocurrido una idea que podría ser interesante para los dos.

–¿Qué idea? –preguntó Amelia.

–Un acuerdo entre los hoteles Munroe y Air Everest.

Amelia había oído rumores sobre la competencia entre los Devonshire, pero no conocía los detalles. ¿Confiaría Geoff en ella lo suficiente como para contárselos?

–¿Por qué crees que un acuerdo sería beneficioso?

–Sería un paquete interesante para los clientes, podríamos conseguir descuentos importantes. Y necesito algo que me ayude a vencer a Henry y Steven. Estamos compitiendo los unos contra los otros… ¿lo sabías?

–Había oído algo, sí.

–¿Y qué te parece mi oferta?

–No lo sé, me lo pensaré.

Entonces oyeron voces en la puerta del restaurante y, cuando se volvió, Amelia vio a Tommy y otros paparazzi discutiendo con el maître.

–Espero que no te importe salir en las revistas.

Geoff inclinó a un lado la cabeza.

–¿Por qué crees que te siguen a todas partes?

–Probablemente es culpa mía –le confesó ella–. Cuando era más joven no me daba cuenta de lo que hacía y ahora es demasiado tarde para librarse de ellos.

–¿Por qué buscabas la atención de la prensa?

Amelia no quería que supiera lo superficial que había sido. Él no podría entender que había pasado de adolescente feúcha a joven guapísima casi de la mañana a la noche. La atención era tan emocionante entonces… y cuando se dio cuenta de que, además, de ese modo conseguía la atención de su padre, la que no había tenido nunca, no fue capaz de resistirse a la tentación.

–Entonces no pensaba las cosas, era muy joven. Imagino que me gustaba como le gustaría a cualquiera que hubiera sido invisible durante muchos años. Era como una droga y yo me convertí en adicta. Pero resultó imposible controlarlo.

Amelia pensó en el vídeo que alguien había colgado en YouTube, un vídeo de ella tomando el sol en topless con unos modelos de su madre. Prácticamente parecía como si estuviera organizando una orgía.

Después de ese incidente se dio cuenta de que iba a tener que controlar a los medios. Y aprender a utilizarlos en provecho propio. Los fotógrafos querían fotografías escandalosas y ella necesitaba los titulares para informar sobre las causas que defendía su fundación.

–Es conveniente tener a mis sabuesos de la prensa a mano. Me siguieron cuando fui a África y conseguí que sacaran fotografías de ese poblado en Botswana. Sólo por eso merece la pena.

—Es una estrategia muy sensata —dijo Geoff.

—No soy famosa por ser sensata.

—Tal vez porque la mayoría de la gente se deja engañar por las fotografías. Hay que ser muy inteligente para hacer que todo el mundo crea que no eres más que una frívola heredera, ¿no?

Amelia se encogió de hombros.

—No me conviertas en una santa. Me encanta ir de fiesta, pero en algún momento hay que crecer.

—¿Y has crecido?

—Sí, pero cuando lo hice me di cuenta de que lo único que tenía era el dinero de mi familia y a los fotógrafos siguiéndome todo el tiempo.

Geoff levantó su copa.

—Eres mi tipo de mujer.

Amelia levantó la suya y tomó un sorbo de vino. No sabía por qué, pero que dijera eso le había hecho sentir un cosquilleo por todo el cuerpo. Quería fingir que no tenía importancia, que Geoff era igual que los demás, pero esa noche estaba demostrando ser algo más que una simple cita. Esa noche le había demostrado que la veía como una persona con la que le gustaría pasar más tiempo, alguien con quien quería incluso hacer negocios y en quien podía confiar.

Y eso la aterrorizaba.

Geoff pagó la cuenta y puso una mano en la cintura de Amelia para salir del restaurante. Él era un hombre que disfrutaba de las cosas buenas de la vida y, después de esa noche, sabía que Amelia Munroe era una de esas cosas.

Ella movía suavemente las caderas al caminar y Geoff no podía dejar de admirar su preciosa figura...

Cuando lo miró, en sus ojos pudo ver el mismo deseo que debía haber en los suyos. Aparentemente, le gustaba que la tocase. Casi tanto como a él le gustaba tocarla. Seguía siendo un enigma para Geoff, en absoluto lo que había esperado…

Pero la necesitaba. La necesitaba en su cama porque quería conocer todos sus secretos.

Quería ser el hombre que la hiciera olvidar sus preocupaciones, su trabajo, a los fotógrafos. Y costase lo que costase, iba a conseguirlo.

–¡Amelia! –la llamó uno de los paparazzi.

–¿Quién es el hombre misterioso?

–¡Devonshire, dale un beso!

Los paparazzi siguieron provocándolos, pero Geoff no les hizo ni caso mientras esperaba que el aparcacoches llevase su Bugatti a la puerta.

–Vamos, Amelia, danos una buena foto –la llamó uno de los fotógrafos.

Ella sonrió y, en ese momento, Geoff se dio cuenta de lo carnosos que eran sus labios. Durante toda la noche había intentado concentrarse en la conversación mirándola a los ojos, pero en aquel momento no podía hacerlo. Lo único que quería era besarla y le daba igual quién los viera.

Amelia le pasó un brazo por los hombros y Geoff se inclinó con la intención de rozar sus labios. Pero no pudo quedarse en eso.

El contacto provocó una descarga eléctrica que llegó hasta su entrepierna y, sin pensar, se apoderó de su boca. Su sabor era adictivo, quería más. Sus labios eran carnosos, suaves… esa expresiva boca que había mirado durante toda la noche al fin era suya.

Los fotógrafos silbaron, animándolos y, por fin, Geoff se apartó, recordando dónde estaban. Pero le daba igual, quería estar a solas con Amelia.

Amelia, que tenía los labios hinchados del beso…

Por un momento pensó que por fin había encontrado la manera de dominarla, pero ella giró la cabeza hacia los fotógrafos y les lanzó un beso antes de subir al coche.

Era asombrosa, absolutamente impredecible. Peligrosa.

Geoff subió al coche y se alejó del restaurante despacio, aunque le habría gustado pisar el acelerador.

Amelia Munroe le hacía olvidar todas sus reglas. Le hacía olvidar que siempre había intentado evitar escándalos y vivir por encima de cualquier reproche. Pero, por una vez en su vida, todo le importaba un bledo.

–Eres un hombre peligroso, Geoff Devonshire.

Geoff estuvo a punto de decir que pensaba lo mismo de ella.

–Me sorprende que lo admitas.

–¿Por qué no? Es la verdad –Amelia apartó la mirada–. No creo que debamos volver a vernos.

–¿Cómo que no? No pienso dejarte escapar todavía.

–Me parece que yo tengo algo que decir al respecto, ¿no?

Geoff puso una mano en su brazo y la sintió temblar.

–Tú tampoco quieres dejar de verme. Tenemos cosas pendientes, Amelia. Puedes decir que no quieres, pero tu cuerpo me dice otra cosa.

Ella alargó una mano entonces para pasarla por su muslo y, al sentir el roce de sus dedos en la entrepierna, Geoff sintió un escalofrío. Quería sentir esa mano en su piel desnuda, quería besarla por todas partes.

–Tienes razón –dijo Amelia con voz ronca, una voz que lo excitó aún más.

–Entonces, estamos de acuerdo. Esto no va a terminar hasta que esté enterrado dentro de ti hasta el fondo.

–Pero no creo que sea buena idea…

Geoff giró el volante para detener el coche en el arcén y la tomó entre sus brazos, besándola hasta que sintió que iba a explotar.

Cuando levantó la cabeza, Amelia respiraba agitadamente. Lo miraba con deseo en los ojos, pero en ellos había también un brillo de pánico que lo hizo pensar que tal vez había cometido un error.

Pero ya era demasiado tarde, no era posible dar marcha atrás. Amelia Munroe iba a ser suya y los dos lo sabían.

Capítulo Cuatro

El beso había sido mucho más de lo que Amelia había esperado. Su cuerpo respondió con ferocidad y ella no pudo hacer nada. El señor Darcy no podía compararse con Geoff Devonshire en lo que se refería a sex appeal.

—¿Dónde me llevas? —le preguntó cuando volvieron a la autopista.

—Pensaba llevarte a casa… a menos que se te ocurra algo más interesante.

—No tengo un exótico nidito de amor en medio del campo, si eso es lo que creías.

—Si estuviera en el campo, no sería muy exótico —bromeó Geoff.

Amelia hizo una mueca.

—No soy lo que tú crees.

—Eso es algo que descubrí anoche.

—Anoche pensé que eras un poco…

—¿Insoportable?

Amelia rió. La vida sería más sencilla si Geoff fuera insoportable.

—Tal vez, pero te has redimido esta noche.

—¿Ah, sí? ¿Cómo, besándote?

Ella no dijo nada. Cuando no le gustaba dónde iba una conversación, sencillamente permanecía en silencio. Era una manera de evitar las cosas que no le gustaban y, a veces, la única opción. Aquel hombre hacía que se sintiera perdida, sin defensas.

–Cuéntame.

–Eres muy mandón. Sospecho que porque eres el hermano mayor.

–Tal vez. Pero dicen por ahí que era mandón incluso antes de que nacieran las chicas.

–¿Ah, sí? Qué interesante.

–¿Tu hermano es mandón? –le preguntó Geoff, mientras tomaba la salida de Hyde Park.

–¿Auggie? No, es exigente pero no mandón.

–También a mí me han llamado exigente.

Seguro que sí, pensó Amelia. Geoff era refinado y amable, pero parecía tener una voluntad de hierro y no dudaba que le gustaba salirse con la suya. Como cuando la besó en la puerta del restaurante y la dejó temblando. Pero no le había importado… de hecho, su agresiva naturaleza le resultaba excitante.

Geoff Devonshire no era un hombre a quien pudiese manipular, como a los otros. Geoff siempre querría llevar el mando y, por una vez en su vida, Amelia estaba dispuesta a soltar las riendas.

–A veces también yo soy un poco mandona –le confesó.

–Más que un poco. Durante la última reunión en tu fundación te vi dando órdenes como si fueras el presidente de una gran empresa.

–¿Y si te pido que hagas cincuenta flexiones ahora mismo?

–Haría cincuenta flexiones y todas las que me pidieras.

Amelia rió, pero se había puesto colorada. Mientras iban hacia su casa no podía dejar de pensar en sus besos…

—¿Quieres subir? —le preguntó cuando llegaron al portal.

—Me encantaría —dijo él.

—Puedes dejar el coche en el garaje.

Geoff aparcó en una de las plazas reservadas para invitados y, mientras le abría la puerta, Amelia sintió que tenía mariposas en el estómago. Geoff era diferente, había algo en él que la ponía nerviosa. Y, sin embargo, esperaba que por la mañana siguiera en su cama, que despertasen juntos y tomasen juntos el desayuno.

«No», pensó entonces. «Será mejor que me calme antes de que esto se me escape de las manos».

Mientras usaba su tarjeta para activar el ascensor que llevaba directamente al ático, Geoff puso una mano en su espalda.

—No tenías que invitarme a subir.

—Lo sé.

Unos años antes, cuando apareció el vídeo en YouTube y algunos hombres querían salir con ella porque la creían una libertina, había establecido una nueva regla: nada de sexo en la primera cita.

Pero no sabía si iba a poder cumplir la regla esa noche.

Porque si no lo hacía esa noche, podría no tener valor para hacerlo en otra ocasión. Pero sabía que al día siguiente lamentaría que Geoff conociese a la mujer que era en realidad.

Encontraría la manera de poner distancia entre ellos, se dijo. Lo convencería de que sólo era una inconstante heredera en busca de atención. Y la única manera de hacerlo era tomar lo que quería esa noche y darle la espalda al día siguiente.

Pero eso sería al día siguiente. Esa noche, Geoff era suyo y pensaba disfrutar de cada segundo.

El ático de Amelia era una ecléctica mezcla de estilos. Había elegantes mesas japonesas, sofás italianos de piel en el salón…

Los ventanales, que llegaban hasta el techo, permitían ver hasta el palacio de Buckingham.

En una de las paredes había un Monet de la época del artista en Argenteuil, en otra un retrato de Amelia hecho al estilo de la *Marilyn* de Andy Warhol, con cuatro imágenes en diferentes colores.

Su perrita los recibió ladrando alegremente en cuanto abrieron la puerta.

–¿Cómo está mi chica? –Amelia sonrió mientras se inclinaba para acariciar al animal.

El diminuto dachshund se apoyó en las patas traseras para saludar a su dueña, moviendo la cola sin parar hasta que la tomó en brazos.

–Te presento a Lady Godiva.

Geoff acarició las orejas de la perrita antes de que la dejara en el suelo.

–Vete a la cama –le ordenó.

El obediente animal corrió hacia su cesta y dio varias vueltas antes de tumbarse, dejando escapar un sentido suspiro.

–Impresionante –dijo Geoff.

Amelia sonrió.

–¿Quieres una copa?

–Sí, gracias.

–¿Coñac?

–No me importaría.

–Siéntate en el sofá –dijo Amelia, mientras se acercaba al bar–. O, si lo prefieres, la escalera de la esquina da a una terraza en el tejado.

–Te esperaré.

Amelia tomó dos copas y las calentó con las manos antes de servir el coñac. Geoff estaba mirándola fijamente y, de nuevo, sintió esas mariposas en el estómago.

Cuando le dio su copa, él la levantó con una sonrisa.

–Por esta noche.

–Por nosotros –dijo ella–. ¿Quieres que subamos a la terraza? No hace nada de frío.

–Me encantaría.

Amelia lo llevó a su santuario, sabiendo que sólo era una cuestión de tiempo antes de que se dejaran llevar por el deseo.

Geoff la siguió por la escalera de caracol, en una esquina del salón. Mientras subía, intentó portarse como un caballero y no levantar la mirada, pero no era fácil resistirse a la tentación. Después de todo, llevaba toda la noche pensando en lo que habría debajo de su falda.

El coñac era bueno, pero no tan adictivo como sus labios. Quería besarla de nuevo, pero desde que entraron en el apartamento Amelia mantenía las distancias y él estaba dispuesto a dejarle todo el espacio que necesitase. Ya era suficiente estar allí con ella.

Olía a primavera, pensó, cuando salieron a la terraza. También a lluvia, a flores. En realidad, más que una terraza era un jardín.

Amelia pulsó un botón en la pared y una fuente llenó el silencio de la noche con el suave sonido del agua. Geoff miró aquel oasis, lleno de flores y árboles, un sitio que parecía imposible en el corazón de una de las ciudades más pobladas del mundo.

–Me gusta mucho.

–Me alegro. Necesitaba un sitio en el que escaparme de todo, así que construí esta terraza.

–¿La hiciste tú?

–Hice parte del trabajo, salvo lo más pesado. Pensé que, si iba a ser mi refugio, tenía que hacerlo yo misma.

Geoff dio un paso adelante para acariciar su cuello. Era evidente que su vida la estresaba y él no quería aumentar el estrés.

–Me alegro de que lo compartas conmigo.

–No dejo que suba todo el mundo, te lo aseguro.

–¿Y por qué yo entonces?

–Porque eres diferente –Amelia cerró los ojos un momento, dejando que la acariciase, y luego se apartó para acercarse a un banco entre las flores.

Geoff la siguió. Amelia era diferente en ese jardín, pensó. No lo miraba a los ojos y parecía tan vulnerable…

Lo había invitado a un sitio en el que podía vivir sin reservas, sin levantar la guardia, y se preguntó si tal vez pensaba que era un error.

–Éste es el segundo secreto que compartes conmigo esta noche.

–¿Cuál es el primero?

–Que no eres una frívola heredera. Ésta es la auténtica Amelia Munroe y me siento privilegiado por estar aquí.

–Ven, siéntate a mi lado.

–¿Estás segura?

Amelia asintió con la cabeza y Geoff se dejó caer sobre un banco de hierro forjado cubierto de gruesos cojines.

–¿Estás pensando que no deberías haberme invitado a subir?

–No, no, es que no sé qué hacer. Con cualquier otro ya estaría borracha y no pensaría en nada.

Geoff se preguntó si bebía para soportar su vida o, sencillamente, porque era lo que se esperaba de ella. Y, de repente, sintió el deseo de protegerla, de apartarla del mundo.

–¿De verdad?

–Hace tiempo que no invito a un hombre a mi casa.

Geoff arqueó una ceja.

–Pero te han visto con hombres últimamente.

–Los dos sabemos que «ser visto» con alguien no tiene nada que ver con «estar» con alguien.

Geoff le quitó la copa para dejarla en el suelo, a sus pies. Luego tomó su preciosa cara entre las manos, pasando el pulgar por sus pómulos y su labio inferior.

–Eso es cierto –murmuró, inclinándose para tomar el beso que llevaba siglos esperando.

No fue un beso dramático y apasionado como el que le había dado en la puerta del restaurante, sino profundo, tranquilo. Un beso que hacía promesas que Geoff no podía hacer con palabras.

Aquella mujer era especial y la quería en sus brazos durante mucho tiempo.

Amelia sabía que invitar a Geoff a su apartamento no era lo más sensato que había hecho nunca, pero no lo lamentaba. Había aprendido mucho tiempo atrás que, si quería ser feliz, no debía lamentar nada. Sencillamente, tenía que aprender de sus errores y seguir adelante.

Estar entre los brazos de Geoff le gustaba demasiado como para lamentarlo, además. Él la acariciaba con tal ternura que le daba vueltas la cabeza. Era tan apasionado… todo lo que era en el mundo de los negocios lo era también en la vida real.

Había cometido el error de juzgarlo sin conocerlo bien, seguramente el mismo que había cometido Geoff…

¿Y si esperaba que fuese una depravada? Gracias a la interpretación de los medios de ese vídeo en YouTube, algunos de sus amantes habían esperado que fuese una Mata Hari.

—¿Viste ese vídeo? –le preguntó de repente.

—¿Qué?

—Ese vídeo en YouTube.

—No, no lo he visto. No pierdo el tiempo con esas cosas.

—Bueno, fue hace mucho tiempo. Todo el mundo

piensa que ocurrió ayer, pero entonces era mucho más joven.

Estaba nerviosa, no podía evitarlo. La enfermaba que todo el mundo hubiera visto algo que era privado y odiaba que creyesen conocerla por un simple error.

–Amelia, cariño, no tienes que explicarme nada. Yo también he hecho cosas de las que me arrepiento o que me gustaría que no hubiera visto nadie. Lo que hay entre tú y yo no tiene nada que ver con un vídeo –dijo Geoff, buscando sus labios.

Sentía como si estuviera besando a la verdadera Amelia, no una idea o una imagen prefabricada.

Y, sin saberlo, estaba curando una parte de ella que Amelia no sabía necesitase cura. Sin pensar más, enredó los dedos en su espeso cabello oscuro, apretándose contra él porque no quería dejarlo ir.

Necesitaba aquello más de lo que había esperado y cuando Geoff siguió besándola y acariciándola decidió dejar de pensar en las consecuencias. Sólo quería sentir.

Empezó a desabrochar los botones de su camisa mientras Geoff bajaba la cremallera del vestido, despacio, muy despacio. Cada caricia parecía durar más que la anterior y el roce de sus manos era una tortura exquisita de la que no se cansaba.

Amelia tiró del vestido para quitárselo porque necesitaba sentir las manos de Geoff en su piel, pero él la detuvo.

–No tan rápido. Quiero disfrutarte.

La nota de deseo que había en su voz la hizo temblar. Nadie había querido hacerle el amor de esa forma.

–Me encanta que me toques.

–Y a mí me gusta hacerlo –Geoff pasó las manos por su espalda, despacio. Amelia se dio cuenta de que no iba a poder apresurarlo. Se tomaría su tiempo y la volvería loca. Pero dos personas podían jugar al mismo juego, pensó luego, mientras desabrochaba su camisa.

Cuando por fin puso las manos sobre su torso, cubierto de un suave vello oscuro, dejó escapar un suspiro. Pasó los dedos por los bien definidos músculos, desde el cuello a la cintura, pero cuando lo rozó con las uñas sintió que temblaba.

–¿Te gusta?

–Sí –murmuró Geoff.

Amelia sonrió para sí misma mientras bajaba la mano para acariciar su erección por encima de la tela de los pantalones. Notó que palpitaba bajo sus dedos, endureciéndose cada vez más, pero en lugar de bajar la cremallera sencillamente siguió acariciándolo. Y cuando movió las caderas hacia delante, Amelia se inclinó para besar su torso.

Olía tan bien. Nunca había olido nada tan maravilloso en toda su vida.

Geoff metió la mano bajo la cremallera del vestido para desabrochar su sujetador.

–Quítatelo –le dijo.

Y ella obedeció, quedando desnuda de cintura para arriba, la brisa nocturna acariciando su piel.

Geoff la miró sin decir nada durante largo rato y Amelia se preguntó si le gustaba. Cada hombre buscaba algo diferente en el cuerpo de una mujer y esperaba que le gustase tanto mirarla como a ella le gustaba mirarlo a él.

—¿Estás segura de que esto es lo que quieres? —murmuró Geoff, acariciando sus pezones con un dedo.

Amelia no podía pensar. Todo su ser le pedía que estuviera con él, de modo que asintió con la cabeza.

—Tienes que decirlo antes de que siga adelante —insistió Geoff—. ¿Esto es lo que quieres?

Ella tomó su cara entre las manos, mirándolo a los ojos antes de decir:

—Sí, Geoff, te deseo.

Capítulo Cinco

Geoff nunca había conocido a una mujer como ella. Amelia lo hacía sentir vivo, lleno de energía, de emoción. Una parte de él intuía que ya era suya, que no sentiría algo tan fuerte por una mujer que no debiera estar entre sus brazos.

Intentaba controlar el beso que ella había iniciado mientras acariciaba sus pechos, pero sus gemidos lo enardecían aún más.

Pasó la yema de los dedos por las aureolas y luego, cuando sintió que sus pezones se endurecían, los rozó suavemente con la uña.

Amelia apretó sus hombros, echando la cabeza hacia atrás.

—¿Te gusta? —murmuró Geoff.

—Sí.

Siguió acariciando sus pechos mientras la besaba en los labios y en el cuello, chupando suavemente la vena en la que latía su pulso. Entonces, de repente, Amelia se sentó sobre sus rodillas, pero dejó escapar un gemido de frustración porque la falda no le permitía abrir las piernas.

Sonriendo, Geoff tiró de la falda hacia arriba. Llevaba unas braguitas diminutas y cuando pasó un dedo arriba y abajo por encima de la tela Amelia dejó escapar un gemido.

–¿Qué quieres? –musitó.

Temblando, ella se movió sobre su mano para incrementar la fricción.

–A ti, te deseo a ti.

–No, aún no –dijo Geoff, apartando a un lado las braguitas.

Amelia suspiró al notar el roce de sus dedos sobre la delicada piel. Pero entonces Geoff tiró de las braguitas y rasgó la delicada tela.

–Son carísimas…

–Te compensaré con un orgasmo.

Geoff sonrió al ver que se ponía colorada. Nunca había conocido a una mujer tan apasionada y tan inocente a la vez, pensó.

Amelia bajó la cremallera de su pantalón para liberarlo y eso lo excitó tanto que pensó que iba a explotar.

Pero aún no estaba dispuesto a hacerlo.

Quería que Amelia disfrutase tanto como él, que se convirtiese en adicta a él.

–La verdad es que no he venido preparado –le confesó. No había llevado un preservativo porque no había anticipado que la noche terminaría así–. ¿Tomas la píldora?

–Sí, no te preocupes.

–Menos mal.

Amelia soltó una risita.

–¿Por qué? ¿Te habrías llevado un disgusto si tuviéramos que parar?

Geoff pellizcó suavemente uno de sus pezones y Amelia dejó escapar un gemido.

–No creo que hubiera podido soportarlo.

–Hazme tuya…

Geoff se colocó encima, la punta de su pene en la entrada de la húmeda cueva. Pero entonces se detuvo.

–Una vez que seas mía no habrá vuelta atrás –le advirtió.

–¿Qué quieres decir?

–Que no soy como los hombres con los que sueles salir. Esto no es cosa de una sola noche.

–Y éste no es momento de conversar –replicó Amelia.

Geoff la sujetó por las caderas y empezó a tirar de ella hacia delante hasta que estuvo dentro. Era estrecha y lo envolvía como un guante de terciopelo. Lo apretaba tanto que tuvo que pararse para respirar o todo acabaría en un segundo.

Inclinó la cabeza para tomar un pezón entre los labios, acariciándolo con la lengua y usando el borde de los dientes hasta que Amelia se agarró a sus hombros, moviendo frenéticamente las caderas hacia él.

Geoff sintió que sus músculos internos se cerraban al sentir el orgasmo y sólo entonces empujó con todas sus fuerzas. La besó en los labios mientras sentía ese familiar cosquilleo en la espina dorsal…

Cuando estaba a punto de llegar al orgasmo la miró a los ojos. Sabía que Amelia estaba a punto de terminar de nuevo y metió una mano entre los dos para acariciar el capullo escondido en el triángulo de rizos hasta que la oyó gemir de nuevo.

–Córrete para mí, cariño –murmuró.

Y ella lo hizo.

Geoff terminó un segundo después, derramándose en su interior. Jadeando, la abrazó y cuando Amelia puso la cabeza en su hombro se dio cuenta de que no iba a poder soltarla nunca.

Amelia casi no podía respirar. Geoff la abrazaba con fuerza, como si temiera que desapareciese si no la apretaba contra su cuerpo. Y le encantaba.

Había querido encontrar un hombre que la hiciera sentir querida y, tal vez era una ilusión, pero en aquel momento se sentía así.

Geoff se apartó un poco, pero siguió sujetándola. Y Amelia se quedó donde estaba, con la cara apoyada en su hombro, sin acordarse del resto del mundo.

Cuanto más tiempo estaban abrazados, más le costaba separarse de él. Pero no podía estar entre sus brazos para siempre, de modo que levantó la cabeza dispuesta a apartarse… pero entonces Geoff la besó. Un beso suave, dulce, pero en el que aún podía sentir la pasión que había habido entre los dos.

–¿Dónde crees que vas?

–Sólo necesito un momento –respondió ella, sintiéndose expuesta. Aquello era demasiado intenso y no sabía qué decir.

Había querido pasar la noche en sus brazos, pero era su primera cita. Y por eso era un error hacer el amor en la primera cita, pensó, enfadada consigo misma. Porque si de verdad te importaba la otra persona, las cosas podían complicarse rápidamente.

Sin esperar un segundo más, se levantó. El vestido empezó a deslizarse, pero lo sujetó a tiempo y Geoff se levantó para ayudarla a ponérselo.

–¿Quieres que entremos?

Amelia asintió con la cabeza mientras él se abrochaba el pantalón. Y luego la tomó en brazos.

–¿Qué haces?

–Tomarte en brazos.

–¿Por qué?

–Porque no estoy dispuesto a dejarte ir todavía.

Ella le indicó cómo llegar al dormitorio y Geoff la dejó en el suelo cuando llegaron a un cuarto grande y lujoso que ella misma había diseñado.

–¿Quieres darte una ducha? –le preguntó Geoff.

–Me estás mimando demasiado –intentó bromear Amelia.

–Es lo mínimo que puedo hacer. Al fin y al cabo, he roto tus braguitas.

Ella se puso colorada hasta la raíz del pelo, recordando lo que había sentido al oír que rasgaba la tela. Había sido tan erótico…

–Sí, es verdad.

Geoff puso el tapón de la bañera y abrió el grifo mientras Amelia se quitaba el vestido. Luego, mientras ella echaba sales en el agua, se desnudó.

Parecía estar en su propia casa y eso la tranquilizó un poco, pero la verdad era que no tenía costumbre de bañarse con un hombre.

Geoff le ofreció su mano para entrar en la bañera y la sentó delante de él, con la espalda apoyada en su torso. Luego tomó una esponja y empezó a pasarla por sus hombros.

–Cuéntame cosas de ti. ¿Cómo te convertiste en una heredera famosa en todo el mundo?

–Imagino que no querrás que te cuente mi vida desde que nací.

Geoff rió, un sonido que parecía reverberar en su espalda.

–No, no hace falta. Sé que tu padre es Augustus Munroe y tu madre Mia Domenici, la famosa diseñadora.

–Mi padre estaba casado cuando conoció a mi madre, pero entre ellos había lo que ella llama «una pasión abrasadora». Y eso, aparentemente, es algo que no se puede controlar.

–¿No?

Amelia negó con la cabeza, pensando que ahora sabía lo que había sentido su madre. Nunca había experimentado una pasión tan abrumadora hasta esa noche.

¿Por qué Geoff Devonshire? ¿Qué era lo que atraía a una persona de otra hasta tal extremo? Estaba segura de que su madre se habría preguntado por qué Gus Munroe inspiraba esa pasión en ella.

–¿A ti te ha pasado alguna vez?

–Sólo una –contestó Amelia.

Pero no quería revelarle que era él porque no sabía lo que había significado para Geoff. Tal vez sólo era otra mujer, un pasatiempo hasta que encontrase a la mujer adecuada.

–¿Y a ti? –le preguntó.

–No lo sé. Defíneme qué es esa pasión abrumadora.

Amelia se encogió de hombros. No sabía cómo expresarlo con palabras sin revelar que él era el hombre que la había inspirado.

–No sé cómo explicarlo. Sólo sé qué es lo que les pasó a mis padres, pero no era suficiente. Se necesitaban el uno al otro desesperadamente, pero no podían vivir juntos.

–¿Y tú entendiste eso de niña?

–No, claro que no. Auggie y yo a menudo sentíamos como si estuviéramos navegando en alta mar, intentado desesperadamente no ahogarnos.

Amelia tuvo la sensación de que estaba revelando demasiado y decidió cerrar los ojos y disfrutar de sus caricias, durasen lo que durasen.

Geoff quería proteger a Amelia, pero ella siempre había despreciado la protección de los demás. Ésa era su impresión, al menos. Y mientras le hablaba de su infancia se dio cuenta de que siempre había tenido que defenderse por sí misma.

–No recuerdo que salieras en las revistas cuando eras pequeña –le dijo.

–Entonces vivía en Nueva York. Y, francamente, los medios no se interesaron por mí hasta que cumplí los dieciocho años. Hasta entonces era un patito feo.

–No me lo puedo creer –dijo Geoff.

Ella se encogió de hombros.

–Pues lo era. Llevaba gafas y un aparato en los dientes. Y era muy torpe, para disgusto de mi padre.

–Seguro que eras encantadora.

–No, en serio. Si me hubieras conocido entonces, ni siquiera te habrías fijado en mí.

–Ahí te equivocas. Si hubieras sido tan torpona como mis hermanas, seguro que me hubiera acercado para decirte que no eras la única –bromeó Geoff.

–Qué gracioso –dijo ella, mirándolo a los ojos para ver si hablaba en serio.

–Pero entonces, a los dieciocho años, te convertiste en un cisne y los fotógrafos empezaron a fijarse en ti, ¿es eso?

Amelia rió, una risa encantadora que lo hizo desear apretarla contra su pecho.

–No exactamente. Un día, me puse un vestido muy sexy que había diseñado mi madre para ir al estreno del que entonces era mi novio. Mientras nos hacían fotos, los paparazzi empezaron a preguntar quién era yo y Andy se lo dijo. Salimos juntos unos cuantos meses más y luego rompimos, pero los paparazzi me seguían todo el tiempo y a mí me gustaba. Y a mis padres también porque no dejaban de mencionar el apellido Munroe.

«Andy» era Andrew Hollings, uno de los directores más famosos de Hollywood. Amelia vivía en un mundo de celebridades y, por un segundo, Geoff se preguntó si un aristócrata británico de segunda categoría le resultaría interesante. Pero, a juzgar por lo que había pasado unos minutos antes, no parecía que echase nada en falta.

Aunque seguramente sería por la novedad, se dijo a sí mismo.

Mientras pasaba la esponja por su cuerpo se excitó de nuevo. Y sabía que volverían a hacer el amor esa noche.

Pero no inmediatamente. Quería saber más cosas sobre Amelia, conocer los secretos que había en sus ojos. Necesitaba saber todos los detalles.

Estaba obsesionado, se dijo a sí mismo.

¿Cuándo había ocurrido? Probablemente cuando lo llevó a la terraza para enseñarle su refugio… y otros secretos, más personales.

–¿Fue entonces cuando decidiste utilizar a los paparazzi? –le preguntó.

–Esto va a sonar como si fuera una niña malcriada, pero, por favor, ten en cuenta que era joven y muy inmadura.

–Muy bien, lo tendré en cuenta.

–Cada vez que aparecía una fotografía mía en las revistas o hablaban de mí en televisión, mi padre me llamaba por teléfono. Estaba hablando con él más que en toda mi vida y, aunque las conversaciones no eran importantes, por fin había conseguido su atención.

–Y no pensabas renunciar a eso –terminó Geoff.

–Así es. No sé qué tipo de relación tienes tú con tus padres, pero la mía no fue precisamente buena. Auggie y yo siempre estábamos juntos porque no nos teníamos más que el uno al otro. Mi madre siempre estaba en Milán y mi padre trabajando.

Geoff sospechaba que haber estado sola tanto tiempo era la razón por la que había desarrollado una personalidad única, una de las muchas cualidades que la hacían atractiva para el público.

–¿Te sentías sola?

–Un poco. Cuando no estaba en el internado me llevaban a campamentos... pero mi amiga Bebe siempre me invitaba a su casa en vacaciones.

–Mi infancia fue muy similar –dijo Geoff–. Salvo que era yo quien invitaba a mis amigos en vacaciones.

–Caroline y Gemma son tus hermanastras, ¿verdad?

–Así es. Mi madre es la princesa Louisa de Strathearn y mi padre Malcolm Devonshire. Pero nunca se casaron.

–Sí, eso lo sabía. Y también sé que el abogado de Malcolm Devonshire os reunió hace poco a los tres hijos.

–¿Conoces a Edmond?

–Sé algo de él –contestó Amelia–. Es el abogado de un amigo de mi madre. ¿Te resultó raro ver a los otros dos?

Geoff no quería hablar de sus hermanastros, pero tampoco podía soslayar la pregunta.

–Era la primera vez que nos veíamos.

–¿Por qué?

–No lo sé exactamente. Mi madre es muy sensible al tema de los otros hijos de Malcolm, así que no sabía casi nada de ellos.

–Lo siento –dijo Amelia, volviéndose para mirarlo.

–¿Por qué?

–Porque no tuviste hermanos con los que compartir tus cosas. Imagino que no tendrás un confidente, como mi amiga Bebe.

–Pero tengo a mis hermanas, no puedo quejarme.

–No, claro. Pero te perdiste esa infancia ideal con la que sueña todo el mundo.

–¿Todo el mundo?

–Sí, claro. Todos fingimos que no importa que nuestros padres no nos prestasen atención, pero sabemos que no es verdad. Nuestra infancia nos convierte en los adultos que somos.

Era muy inteligente aquella sexy heredera, pensó Geoff. Pero no quería admitir que podría tener razón. No quería darle a Malcolm más control sobre su vida.

Y, teniendo a Amelia desnuda entre sus brazos, lo único que deseaba era pensar en ella.

—Estoy cansado de hablar.

—¿Qué quieres hacer?

—Se me ocurren un par de cosas…

—¿Ah, sí?

—Desde luego que sí. ¿Por qué no volvemos a tu habitación?

Geoff la ayudó a salir de la bañera y la envolvió en una toalla antes de tomarla en brazos para llevarla a la habitación. Y, una vez allí, la dejó sobre la cama y se colocó sobre ella, apoyando sus manos a los lados…

71

Capítulo Seis

El sonido del móvil despertó a Geoff a la mañana siguiente. Medio dormido, alargó una mano para contestar, pero cuando tiró un vaso de agua que había sobre la mesilla se incorporó de un salto, sin saber dónde estaba.

Era el apartamento de Amelia y ella estaba apoyada en un codo, mirándolo a través de una masa de rizos. Tenía los labios hinchados y la sábana le llegaba por la cintura, dejando sus pechos al descubierto.

Geoff se olvidó del teléfono y del vaso de agua que había tirado en la mesilla y alargó una mano para acariciarla.

–Eres preciosa.

Estaba inclinándose para besarla cuando volvió a sonar su móvil.

–Contesta –dijo ella, con una sonrisa en los labios.

–He tirado un vaso de agua –murmuró Geoff.

–No te preocupes por eso, ya me encargo yo.

Amelia se puso un albornoz blanco para salir de la habitación y Geoff miró la pantalla del móvil antes de contestar:

–Hola, mamá.

–Geoff, tenemos que hablar.

–¿Sobre la fiesta? Ya he hablado con Caro, pero no te preocupes, nadie me va seguir hasta Hampshire.

Los paparazzi se contentan con seguir a Henry... él es quien sale en los periódicos.

–No, ya no, cariño. ¿Has visto *The Sun*?

–No –contestó él–. Normalmente no leo periódicos sensacionalistas. ¿Han publicado una fotografía de Caro y ese futbolista con el que sale?

–No, Geoff, hay una fotografía de Amelia Munroe contigo. Y debo decir que estás dando mucho que hablar.

–Mamá...

–No digas nada. No puedes justificarte diciendo que una chica como ella está acostumbrada a esas cosas.

–No iba a decir eso.

–Mejor, porque todas las mujeres merecen ser tratadas con respeto. ¿Vas a volver a verla?

–Mamá, no me apetece hablar de esto contigo.

–¿Sigues en su casa?

–Como he dicho antes, no me apetece hablar de esto contigo –Geoff se pasó una mano por la cara, nervioso.

–No deberías dejar que se hiciera ilusiones, hijo.

Evidentemente, su madre había sufrido mucho al saber que Malcolm Devonshire estaba saliendo con otras dos mujeres mientras la cortejaba a ella.

–Yo no haría eso. Además, Amelia es diferente.

–¿Diferente a quién?

–A todo el mundo.

En ese momento, Amelia entró en la habitación con una toalla para secar el agua de la mesilla y Geoff tuvo que sonreír. Quería protegerla de cualquier escándalo, pero en aquel caso estaba seguro de que sería capaz de lidiar con el asunto mejor que él.

–Bueno, ya hablaremos de eso más tarde –dijo su madre–. ¿Por qué no la llevas a cenar a tu casa de Bath este fin de semana?

–Ya hablaremos. Un beso, mamá.

–No hemos terminado –le advirtió su madre.

Geoff cortó la comunicación y tiró del brazo de Amelia para sentarla sobre la cama.

–Buenos días.

–¿Lo son?

–Desde luego que sí –Geoff la abrazó, dispuesto a hacerle el amor, pero su móvil volvió a sonar.

–Eres un hombre muy popular esta mañana. ¿Por qué no contestas mientras yo hago café? ¿Cómo lo tomas, solo?

–Solo y sin azúcar.

–Vuelvo enseguida.

–No tienes que irte –dijo Geoff.

Amelia levantó una ceja.

–No me están llamando a mí.

–Seguramente será una de mis hermanas. Por lo visto, hemos salido en *The Sun* besándonos.

Amelia se abrazó a sí misma. Era una postura casi defensiva y, de repente, parecía estar a muchos kilómetros de él.

–Eso no es nada nuevo para mí. ¿Te importa que la hayan publicado?

–No, en absoluto. En un par de días nos dejarán en paz.

–¿Tú crees?

–Seguro –dijo Geoff–. He descubierto que, si no les doy nada de qué hablar, se aburren y pasan a otro asunto.

Amelia asintió con la cabeza.

—Bueno, voy a hacer café.

Cuando salió de la habitación, Geoff se dio cuenta de que ocurría algo. Había dicho algo que la había molestado.

Sorprendido, saltó de la cama y, dejando que sonara el móvil, entró desnudo en la cocina. Ella estaba apoyada en la encimera, mirando el granito como si contuviera un misterio que debía descifrar. Pero al oír sus pasos se dispuso a llenar de agua la cafetera.

—Dime por qué estás enfadada.

—No estoy enfadada.

—Pero te pasa algo. Sé que te pasa algo.

—Esperaba que pudiéramos estar juntos más de una noche, pero supongo que es imposible. Si saliéramos juntos, apareceríamos en las revistas todo el tiempo y sé que eso no te gusta nada.

Geoff inclinó la cabeza para darle un beso largo y profundo. No estaba dispuesto a dejar de verla y estaba claro que tampoco Amelia quería decirle adiós.

—Cuando he dicho que los paparazzi se olvidarían de la historia me refería a la prensa, no a mí. Yo no podría perder interés por ti aunque quisiera. Sencillamente, tendremos que ser un poco más discretos.

Amelia no sabía si quería ser discreta. Si dejaba de aparecer en los medios, ¿seguiría teniendo alguna influencia? Siempre había vivido su vida siguiendo sus propias reglas, pero se daba cuenta de que, si quería estar con Geoff, tendría que adaptarse.

—No sé si podré —admitió.

–¿Estás dispuesta a intentarlo?

Amelia encendió la cafetera y se cruzó de brazos.

–Me estás pidiendo que cambie, que sea otra persona.

–No, sólo te he pedido que fueras discreta. ¿Eso es mucho pedir? Yo creo que estaría justificado.

Sí, por supuesto que sí. Él no necesitaba a los medios para que el negocio familiar siguiera en boca de todos, ni buscaba publicidad para sus causas benéficas... y para hacer feliz a su padre.

–Lo intentaré –dijo Amelia por fin.

–Eso es todo lo que pido –Geoff sonrió mientras la tomaba entre sus brazos.

–Estás desnudo –le recordó ella.

–¿Y eso te molesta?

Estaba muy juguetón esa mañana, pensó Amelia. Pero había escuchado parte de la conversación y sabía que su madre estaba preocupada por la fotografía que acababa de aparecer en el periódico. Y eso no podía ser bueno.

–Volvamos a la cama.

–No, no puedo. Tengo que ir a la oficina.

–¿Para solucionar los problemas de tu hermano?

–Sí.

–Por cierto, ¿has pensado en mi proposición? –le preguntó Geoff.

–No he tenido tiempo para pensar en nada, ¿no te parece?

Geoff tomó su mano para llevarla al dormitorio y Amelia admiró su trasero mientras caminaba delante de ella. Desnudo estaba guapísimo. No tenía el cuerpo de un levantador de pesas, pero sí atlético y muy proporcionado. Estaba alargando una mano para tocarlo cuando él se dio la vuelta…

–¿Qué haces?

–Admirando tu trasero –admitió ella–. Tienes un trasero estupendo.

Geoff se puso colorado y eso la hizo sonreír.

–¿Hablamos de negocios o hablamos de mi trasero?

–¿Cuál era tu proposición? Estoy un poco distraída ahora mismo.

–Propongo que unamos fuerzas. Tal vez un paquete de vacaciones de lujo entre Air Everest y los hoteles Munroe… eso distraería al consejo de los problemas de tu hermano y, además, podríamos pasar algún tiempo juntos.

–¿Trabajaríamos juntos en esto?

–Por supuesto. De hecho, creo que deberíamos tener la primera reunión ahora mismo.

–¿En mi cama? –Amelia sonrió.

–Sí.

–Lo digo en serio, Geoff.

–Yo también. Deja que te haga el amor y luego hablaremos de los detalles mientras desayunamos.

De pie en el dormitorio, con la luz entrando por las ventanas, le resultó imposible decirle que no. Quería estar entre sus brazos, pero no sabía si era sensato…

Estaba haciendo negocios y promesas sin haber desayunado siquiera y no sabía por qué. Bueno, sí lo sabía: Geoff era demasiado interesante como para dejarlo escapar.

Por primera vez, había conocido a un hombre con

el que quería pasar más de una noche y le gustaría saber si de verdad tenían algo en común.

Había conocido a un hombre del que podría enamorarse. Era tan sencillo como eso.

Debería salir corriendo y, sin embargo, se encontró quitándose el albornoz y dejando que cayera al suelo.

Geoff se lanzó sobre la cama y tiró de su mano, murmurando en su oído palabras que la excitaban.

Cuando se colocó en la entrada de su cuerpo movió las caderas hacia delante para tomarlo. Le gustaba tanto tenerlo dentro que apenas podía esperar.

La noche anterior había pensado que era sólo la magia de la primera vez, pero seguía siendo igual. Geoff se colocó encima y tomó su cara entre las manos para besarla mientras movía las caderas adelante y atrás hasta que Amelia estaba a punto de llegar al orgasmo.

Pero ocurrió tan rápido que la tomó por sorpresa. Sonriendo, Geoff empezó a moverse más deprisa y, un minuto después, él mismo se dejaba ir.

Amelia se aferró a él con manos y piernas, intentando llevar aire a sus pulmones.

Tenía un problema: Geoff Devonshire le importaba de verdad. Quería quedarse a su lado y que fuese el hombre que secretamente había esperado encontrar.

Pero si se llevaba una desilusión, no se recuperaría tan fácilmente.

Geoff salió del ático de Amelia una hora después, pero iban a encontrarse en su oficina a media mañana para hablar del proyecto. Cuando entró en su casa le pareció extrañamente vacía y se dio cuenta de que quería verla allí. Quería verla en su casa.

Estaba perdiendo el control de la situación, se dijo. Estaba tan excitado como un adolescente y, por muchas veces que le hiciera el amor, seguía deseándola como si fuera la primera.

Le encantaba. No había otra palabra para definir lo que sentía. Estaba envuelto en su tela, todo en ella hacía que la desease con locura.

Pero se daba cuenta de que tendría que caminar por una fina línea porque iba a mezclar su vida personal y su vida profesional. Por el momento, intentaría apartar a Amelia de los paparazzi. La imagen era muy importante para el futuro del nuevo proyecto.

Comprobó su móvil cuando salió de la ducha y vio que había dos llamadas perdidas, una de Caro, sin duda para regañarlo por la fotografía en *The Sun*, la otra de Edmond.

Y decidió llamar primero al abogado.

—Soy Geoff Devonshire.

—Ah, gracias por devolverme la llamada.

—De nada. ¿Qué quería?

—No sé si ha visto los periódicos, pero hay una fotografía suya con la señorita Munroe.

—Sí, ya lo sé —contestó Geoff, que no estaba acostumbrado a dar explicaciones—. ¿Cuál es el problema?

—Su padre no está interesado en que el nombre de su empresa se asocie con alguien como la señorita Munroe.

—Pues entonces se alegrará de haberme dejado a mí las riendas de Air Everest, ¿no? Porque ahora soy yo quien lleva la compañía.

–Es una advertencia, señor Devonshire. Si sigue viendo a Amelia Munroe, perderá su parte de la compañía.

–Imagino que sabrá que no la necesito.

–Le repito que es sólo una advertencia –dijo el abogado–. No quiero que haga algo que podría lamentar más adelante. Y, a juzgar por lo que vi en la cena benéfica y en el periódico esta mañana, va usted destinado al desastre. Aléjese de ella si quiere conservar Air Everest.

Si había algo que Geoff no lamentaría nunca, era estar con Amelia, pensó.

–No me gustan las advertencias. Y menos si las hace Malcolm Devonshire.

–Pero...

–Hablemos de otra cosa –lo interrumpió Geoff, irritado–. No sé si mi madre querrá aparecer en esa entrevista de la que habla Steven. Lleva toda su vida intentando que la gente olvide su conexión entre ella y las dos otras dos amantes de Malcolm Devonshire...

–Lo sé, pero yo creo que la publicidad sería buena para la empresa. ¿Cree que podría convencerla?

–Se lo preguntaré, pero es muy sensible sobre el asunto. Si dice que no, no habrá nada más que hablar.

–Lo entiendo. ¿Quiere que nos veamos esta semana para hablar de Air Everest?

–No, lo tengo todo controlado. La huelga de los encargados de equipajes también.

–Parece que dirige usted la empresa como su padre había esperado.

–Por favor, no se refiera a Malcolm como «mi padre». No lo ha sido nunca.

–Sí, claro –murmuró Edmond, cortado.

Para él, Malcolm no era un padre. Él tenía una madre y dos hermanas. Su familia estaba completa sin Malcolm Devonshire.

–¿Quería alguna cosa más?

–No, no. Eso es todo por el momento.

Geoff se puso un traje de Hugo Boss, con una camisa de rayas azules y una corbata amarilla. Los zapatos italianos, hechos a mano, le quedaban como un guante. Antes de salir del vestidor, levantó el faldón de la chaqueta para mirarse el trasero en el espejo y soltó una carcajada.

–Buenos días, señor Devonshire –lo saludó su ama de llaves cuando entró en la cocina.

–Buenos días, Annie. Esta noche no vendré a cenar. ¿Le importaría decírselo al chef?

Annie solía encargarse de que su cena estuviera en el horno cuando volvía a casa.

–Muy bien, se lo diré. ¿Y este fin de semana?

–Necesito que aireen la casa de Bath.

–¿Va a quedarse todo el fin de semana?

–No lo sé, pero asegúrese de que la nevera esté llena. Yo me encargaré de todo.

–¿Usted se encargará de todo? –repitió el ama de llaves, enarcando una burlona ceja.

–¿Por qué dice eso?

–Porque recuerdo la que se organizó la última vez que usted se «encargó de todo».

Annie siempre decía lo que pensaba, una de las razones por las que le caía bien. Era de la edad de su madre, pero aún tenía un brillo de gran vitalidad en los ojos.

—Estaba pensando hacer una barbacoa o algo así.

—Buena idea.

—Pienso dar una fiesta, así que necesitaré comida para unas diez personas.

Geoff salió de su casa con la sensación de que el mundo era un sitio maravilloso a pesar de la advertencia de Edmond. Sabía que, al final, por mucho que Edmond y Malcolm quisieran evitar un escándalo, los beneficios determinarían quién era el ganador de ese extraño concurso.

Y no pensaba dejar que nadie le dijera si podía o no podía salir con Amelia Munroe. Le gustaba Amelia y no tenía la menor intención de dejar de verla.

Capítulo Siete

Amelia, con el clásico traje negro que había puesto a Coco Chanel en el mapa, tomó el bolso para salir de su apartamento. Con el pelo convenientemente alisado y un moño estilo Audrey Hepburn, se colgó al hombro su bolso de Hermés y se puso unas enormes gafas de sol.

Había pensado mucho qué debía ponerse, intentando encontrar algo que fuese discreto y elegante a la vez. Y cuando Tommy, el paparazzi que esperaba siempre en la puerta, no la miró, se sintió como una niña haciendo novillos.

Detuvo un taxi para ir a las oficinas de Air Everest y su iPhone sonó en ese momento para hacerle saber que tenía un mensaje de Bebe.

Bebe: ¿Qué tal anoche?
Amelia: Bien. Te lo contaré más tarde, mientras tomamos una copa.
Bebe: De eso nada. Quiero saber qué pasó después del beso. Parece que fue algo más que bien.

Amelia se dio cuenta de que no sabía cómo describir lo que había ocurrido entre Geoff y ella. Y tampoco quería hacerlo. Todo era nuevo y fresco y quería guardárselo para sí misma durante un tiempo.

Pero la fotografía del periódico hacía que fuera imposible guardárselo para sí misma y eso era algo en lo que nunca antes había pensado. Se había acostumbrado a vivir bajo los focos desde los dieciocho años, pero la mujer en la que se estaba convirtiendo preferiría tener cierta intimidad.

Amelia: No puedo hablar ahora. Luego te llamo.
Bebe: ¿Está contigo?
Amelia: No, ahora no. Pero voy a encontrarme con él.
Bebe: Te veo luego.

El taxista paró delante del edificio y Amelia bajó del coche, mirándose en las puertas de cristal de Air Everest. Se encontraba guapa esa mañana y esperaba que Geoff pensara lo mismo.

La puerta se abrió cuando se acercaba y del edificio salió un hombre alto y rubio.

–Hola.

–Hola –lo saludó ella.

–¿Quería algo?

–He venido a ver a Geoff Devonshire.

–Ah, qué suerte, soy Grant, el segundo en la cadena de mando –dijo el hombre, ofreciéndole su mano.

–Amelia Munroe –se presentó ella, quitándose las gafas de sol.

–Es usted más guapa en persona que en las revistas.

–Gracias. Pero no quiero entretenerlo.

Había un brillo en sus ojos… tenía la impresión de que había visto el vídeo en YouTube.

–Espere, la acompañaré a la oficina de Geoff –se ofreció Grant.

Amelia no sabía cómo rechazar la invitación, pero el guardia de seguridad acudió en su ayuda.

–Necesito confirmar su cita con el señor Devonshire y comprobar su identidad.

–Viene conmigo, Will –dijo Grant–. Es Amelia Munroe.

–No hay excepciones –replicó el guardia de seguridad–. Usted lo sabe.

Grant miró su reloj.

–Bueno, la dejo en manos de Will. Encantado de conocerla.

Cuando Grant se marchó, Amelia se alegró de que así fuera. Estaba acostumbrada, pero en realidad le molestaba que un hombre la mirase de ese modo.

–No sé si estaré en la lista –le dijo al guardia de seguridad–. Hemos hablado esta mañana.

–Sí, aquí está. Pero necesito algún documento que la identifique.

Amelia le mostró su carné de identidad, pensando en la conversación que había tenido esa mañana con Geoff...

Le había enviado un mensaje a Auggie diciendo que iba a explicar su ausencia en el consejo arguyendo un viaje de investigación para revisar los últimos hoteles de la cadena. Aún no le había contestado, pero sabía que se alegraría.

Había pensado que sacarlo de la oficina y darle un papel más público sería la solución para el aburrimiento de su hermano y, sobre todo, para la impaciencia del consejo con él. Tenía que encontrar la manera de convencerlos, pero estaba casi segura de que podría hacerlo, especialmente si Geoff y ella llegaban a un acuerdo. El consejo de la cadena Munroe estaría encantado de mantener relaciones con la corporación Devonshire.

Mientras el guardia de seguridad llamaba a la oficina de Geoff, Amelia guardó su documentación en la cartera. Y fue entonces cuando se dio cuenta de que no tenía su número de teléfono, ni su dirección, aparte de la oficina.

Había pasado la noche con Geoff, pero no sabía cómo ponerse en contacto con él. Y eso la hacía sentir un poco rara.

–Puede subir cuando quiera –dijo el guardia–. Es la última planta.

Aquél era territorio desconocido para ella y debía ir con cuidado. Claro que había sido el propio Geoff quien había sugerido ese acuerdo, pensó mientras subía al ascensor. Debería relajarse y disfrutar, aunque en el fondo temía que no fuese a durar.

Geoff se levantó cuando Amelia entró en el despacho, asombrado al verla con un traje tan clásico. Estaba tan guapa que le costaba trabajo respirar. Tal vez porque conocía bien el cuerpo que había debajo de aquel traje…

Geoff sacudió la cabeza, sorprendido consigo mismo. ¿Cuál era el problema? Sólo era una mujer. Una que podía encenderlo sólo con entrar en una habitación, desde luego, pero sólo una mujer con la que iba a tener una reunión de negocios.

Cuando su secretaria salió del despacho sintió la tentación de tomarla entre sus brazos, pero se contuvo. Tenía que empezar a controlar sus impulsos con ella.

—Estás preciosa —le dijo—. Pero normalmente no vistes así, ¿verdad?

—No, no lo hago. He decidido ponerme este traje porque era una reunión de trabajo y… los paparazzi no están acostumbrados a verme tan clásica. He pasado delante de uno que está siempre en mi portal y ni se ha fijado en mí.

—Eso está bien —dijo él, incapaz de apartar la mirada—. Por favor, siéntate. ¿Quieres un café?

—No, prefiero un vaso de agua.

Geoff sacó una botella de Evian de la nevera y sirvió dos vasos.

—¿Has tomado una decisión?

—Sí, quiero que lo intentemos —contestó Amelia, un poco tensa.

—Muy bien. He hablado con el gerente y le ha parecido muy buena idea. Él trabajará con nosotros en el proyecto.

—¿Cómo se llama?

—Carson Miller. ¿Por qué?

—He conocido a un tal Grant abajo y… no sé, parecía conocerme muy bien. ¿Se lo has contado a él?

Geoff se preguntó si Grant habría intentado tontear con ella.

—¿Te ha dicho algo? ¿Te ha hecho sentir incómoda por alguna razón?

Amelia se encogió de hombros.

—No, pero era un poco demasiado amable. Y preferiría no trabajar con él.

—Como quieras.

–Tal vez sea una tontería por mi parte…

–¿Tontería por qué?

Amelia dejó escapar un suspiro.

–Anoche me di cuenta de que puedo ser algo más que un truco publicitario para la empresa de mi padre, pero Grant me ha recordado que para el resto del mundo no lo soy.

Geoff no sabía qué decir. Para él, Amelia era mucho más que la chica que salía en las revistas. Y también lo era para muchas otras personas. Su labor humanitaria y su extraordinaria personalidad eran mucho más importantes que un vídeo escandaloso. Pero para cierto tipo de personas, nunca sería nada más que la chica del vídeo.

–Tal vez si hablo con él…

–No, por favor –lo interrumpió ella–. Eso sólo empeoraría las cosas. Háblame de Carson y del proyecto.

Geoff se sentó frente a su escritorio y le hizo un gesto para que se sentara en uno de los sillones.

–Dame tu correo electrónico y te enviaré la información.

–Por cierto, antes me he dado cuenta de que no tengo tu número de teléfono –Amelia anotó su correo electrónico en una tarjeta.

–Ni yo el tuyo –dijo él, sacando su iPhone del bolsillo–. ¿Por qué no me lo das?

Un minuto después habían intercambiado toda la información necesaria.

–¿Estás libre este fin de semana?

–¿Para qué?

–Para ir a Bath. Tengo una casa allí y había pensado que podríamos pasar el fin de semana juntos fuera de la ciudad.

Amelia se mordió los labios, pensativa.

—Eso estaría bien.

—Estupendo. Mi madre quiere conocerte y había pensado invitarla a cenar el sábado.

—¿Tu madre? —exclamó ella—. No sé si sería buena idea.

Geoff no era un hombre acostumbrado a las negativas y no pensaba dejar que Amelia rechazase la invitación.

—Te prometo que lo pasarás bien. Mi madre es muy agradable y ella misma me ha dicho que quería conocerte.

—¿Quiere hablar conmigo sobre la foto en *The Sun*?

Geoff tenía la impresión de que *él* iba a estar en el banquillo de los acusados mucho más que Amelia. Su madre siempre había sido muy sensible sobre las chicas con las que salía, siempre insistiendo en que debía tratarlas correctamente. Como si no fuera a hacerlo. Él era su hijo y sabía cómo tratar a las mujeres.

—Yo creo que quiere conocerte porque estamos saliendo juntos.

—¿Estamos saliendo? Deberías habérmelo dicho —bromeó Amelia.

—Acabo de hacerlo.

—Eres un poco mandón, ¿no?

—¿Y eso es un problema?

Le gustaba pelearse con ella y se daba cuenta de que también Amelia disfrutaba de la broma.

—Aún no lo he decidido.

Geoff se levantó para tomar su cara entre las manos.

–Cuando lo decidas, dímelo –murmuró, inclinando la cabeza para besarla.

Finalizar el acuerdo iba a ser complicado porque no podía apartar las manos de ella y concentrarse en el trabajo estaba siendo más difícil de lo que había creído.

Amelia se sintió un poco desconcertada mientras Geoff la besaba. Se había mostrado más bien frío cuando entró en el despacho y, de repente, volvía a ser el hombre apasionado de la noche anterior. Pero entonces pensó que era una tontería. No podía dejar que un hombre la alterase de tal modo.

Un golpecito en la puerta los interrumpió.

–Siento molestar, pero Carson está aquí y dice que lo necesitas para la reunión –dijo su secretaria.

–Ah, sí, dile que pase –asintió Geoff–. ¿Tienes tiempo para ver el borrador del proyecto?

Amelia sacó el iPhone del bolso para comprobar su agenda.

–Sí, pero sólo tengo cinco minutos. Tengo un almuerzo de trabajo y quiero ir a casa a cambiarme de ropa.

Geoff frunció el ceño al ver que se abría la puerta del despacho.

–¿Te importa esperar dos minutos, Carson?

Amelia oyó una voz masculina al otro lado, pero Geoff cerró la puerta y se volvió hacia ella.

–¿Por qué tienes que cambiarte de ropa?

–Si voy al almuerzo vestida así, todo el mundo pensará que me ha pasado algo.

–¿Por qué?

–Porque yo no suelo vestir así –respondió ella–. Voy a hablar sobre un proyecto de mi fundación para ayudar a madres adolescentes… y pienso usar mi influencia con los medios para llamar la atención sobre sus necesidades. No puedo arriesgarme a que esta relación…

Amelia no terminó la frase al darse cuenta de lo que estaba diciendo. Se había vestido de ese modo porque Geoff quería que fuese discreta y, por un segundo, se preguntó si se avergonzaba de ella y por eso quería discreción.

–No sabía lo complicado que iba a ser esto.

–No pasa nada, es que no quiero llegar tarde. ¿Por qué no me envías el borrador por correo? Podemos hablar por teléfono esta noche.

–Muy bien.

–¿Te importa decirle a tu secretaria que me pida un taxi?

–¿Cuándo podremos volver a vernos para discutir el acuerdo?

De nuevo, Amelia miró su agenda electrónica.

–El jueves de la semana que viene. Mañana hablaré con la directora de marketing de Munroe para ver qué le parece.

–Muy bien, la semana que viene entonces. Pero yo espero verte antes.

–¿Irás a buscarme el viernes por la tarde o debo ir directamente a Bath?

–Hablaremos esta noche.

¿Esa noche? Esa noche estaba ocupada. Había aceptado una invitación de lady Abercrombie y no podía perderse otra de sus cenas.

–Esta noche no puedo salir. Tengo un compromiso.

–Cancélalo.

–Geoff, no puedo…

–Quiero llevarte a dar una vuelta en mi avioneta –la interrumpió él–. Había pensado hacerlo anoche, pero acabamos en tu terraza –la miraba con tal intensidad que el pulso de Amelia se aceleró.

Estar con él era mucho más apetecible que una cena en casa de Cecelia, pero si aceptaba, Geoff se daría cuenta de que quería estar con él todo el tiempo.

–Suena muy tentador.

–Me alegro.

Estaba esperando una respuesta y, de repente, Amelia tuvo un momento de pánico. ¿Estaría utilizándola? ¿La invitaba a cenar y a salir para tener acceso al negocio de su familia? ¿Estaría siendo una ingenua?

–¿Qué estás pensando?

Amelia vaciló un momento antes de contestar. ¿Iba a tratar a Geoff como al resto de los hombres con los que había salido o debería ser sincera con él y dejar que viera sus imperfecciones y sus inseguridades?

¿Y si no le gustaba lo que veía?, se preguntó. Ella no era la mujer que aparecía en las revistas, pero con Geoff quería ser ella misma.

–¿Amelia?

–La verdad es que me da un poco de miedo.

–¿Yo te doy miedo?

Ella negó con la cabeza.

–No, me da miedo que veas a la persona que soy y no te guste en absoluto.

Geoff tomó su mano.

–Te adoro, Amelia. ¿Cómo no ibas a gustarme?

–A mucha gente no le gusto.

–Yo no soy «mucha gente». Sé que tú eres diferente y, además, éste también es territorio nuevo para mí. Quiero que nuestra relación funcione, pero la verdad es que nunca he estado con una mujer como tú.

–Muy bien –dijo ella, mirándolo a los ojos–. Entonces nos vemos esta noche. ¿En el aeropuerto?

–Mi avioneta está en el London City.

Geoff le indicó cómo llegar y, de repente, Amelia lo abrazó y le dio un beso en los labios.

–Para que no te olvides de mí esta tarde.

–Sería imposible, te lo aseguro –dijo él, con voz ronca.

Amelia le hizo un guiño antes de salir.

Capítulo Ocho

Geoff entró en el club Ateneo como si fuera el propietario. Daba igual lo que dijeran Edmond o Malcolm, no pensaba dejar de ver a Amelia. Además, su sitio en la sociedad estaba cimentado por años de trabajo serio y discreción.

Había quedado allí con sus hermanastros para tomar una copa, algo que Henry y Steven querían convertir en un ritual.

Y la verdad era que no le importaba quedar con ellos.

Pero la idea de Steven de organizar una entrevista con sus tres madres en la revista *Fashion Quarterly* estaba siendo un problema. Entendía que quisieran llamar la atención sobre el nuevo grupo Everest, pero él era un hombre discreto en todos los sentidos y la prensa siempre le había parecido un estorbo.

Claro que ahora que estaba saliendo con Amelia Munroe tendría que revisar esa opinión.

—Hola —lo saludó Henry.

Geoff se levantó para estrechar su mano.

—Buenas tardes.

—Te he visto en los periódicos.

—No tiene importancia —dijo Geoff—. Pronto se olvidarán del asunto.

—Eso espero. Edmond insiste en que debemos respetar la cláusula de no provocar escándalos que Malcolm ha incluido en su testamento –intervino Steven, que acababa de llegar a su lado.

–No hay nada escandaloso en mi relación con Amelia.

–¿Qué tipo de relación tienes con ella? –le preguntó su hermanastro.

–No creo que sea asunto tuyo.

Henry se inclinó hacia delante.

–Pero si vas a salir en los periódicos…

Geoff no tenía intención de darle explicaciones a nadie, especialmente a sus hermanastros. Además, él era el mayor, aunque sólo fuera unos meses.

–No es asunto vuestro, pero estamos preparando un acuerdo entre Air Everest y la cadena de hoteles Munroe.

–Buena idea –opinó Steven–. Creo que eso será suficiente para que Edmond te deje en paz.

–¿Cómo sabes que Edmond me ha llamado?

–Nos ha llamado a los tres… para comprobar que no seguimos los pasos de nuestro querido padre –dijo Henry.

Steven rió y Geoff sacudió la cabeza.

–Ni siquiera lo conocemos. ¿Cómo vamos a parecernos a él?

–Ni idea, pero me alegro de no ser el único que recibe llamadas –les confió Steven.

Después de pedir una copa, charlaron sobre asuntos del grupo Everest y, por primera vez desde que Edmond lo llamó por teléfono, Geoff se sintió un poco más tranquilo sobre su relación con Amelia. Él sabía cómo llevar su vida personal, siempre lo había sabido.

Amelia se puso un pantalón vaquero y un top de diseño para su cita con Geoff. Con un pañuelo al cuello y una cazadora de cuero, se sujetó el pelo en una coleta y se miró al espejo por enésima vez.

Había hecho muchas cosas esa tarde, pero no había podido dejar de pensar en Geoff. Incluso había sentido la tentación de llamarlo varias veces, pero se contuvo.

Todo en él la hacía sentir insegura y emocionada al mismo tiempo. Le gustaría saber si también Geoff pensaba en ella, pero temía preguntar y odiaba tener ese miedo.

Ella siempre había sabido quién era y lo que quería de la vida, pero Geoff Devonshire estaba haciendo que se lo cuestionase todo... tal vez porque deseaba ser la clase de mujer con la que él querría estar.

Una vez había intentado ser la mujer ideal para un hombre y no había salido bien. De hecho, estaba acostumbrada a convertirse en lo que *creía* que el hombre esperaba de ella. Con su padre, la hija responsable; con su hermano, la hermana seria. Con otros hombres, la novia exótica o divertida. Y todos esos papeles la habían dejado con un enorme vacío en su interior.

Ella era todas esas cosas y muchas más y estaba empezando a entender que debía ser lo que era en realidad.

Su móvil sonó en ese momento y, aunque no le apetecía hablar con nadie, decidió que necesitaba una distracción.

–¿Sí?

–Soy Auggie, he recibido tu mensaje –dijo su hermano. Amelia oyó música de fondo, de modo que o estaba en el coche o estaba en su apartamento.

–¿Qué te parece? El consejo ha dicho que quieren algo nuevo o te quedarás fuera.

–¿Y tú estarás dentro entonces? –le espetó Auggie.

Sonaba paranoico y eso seguramente significaba una cosa: había vuelto a tomar drogas. Amelia cerró los ojos, angustiada. No estaba preparada para lidiar con su adicción otra vez.

–Tú sabes que no estoy intentando quitarte el puesto. Al contrario, estoy intentando ayudarte.

–¿Ah, sí? Yo no estoy tan seguro. Vickers me ha dicho que has pedido un cambio de puesto para mí en el consejo de administración.

–Pues claro que sí, pero sólo porque tú odias estar en la oficina. He pensado que podrías ser algo así como el relaciones públicas de la cadena.

–¿Tú crees?

–Y también estoy trabajando en un acuerdo con Air Everest que aportará una nueva línea de beneficios. ¿Qué te parece? Tú conoces al consejo mejor que yo, pero quiero que piensen en los beneficios y no en tus ausencias de la oficina.

–No está mal, Lia. Siento haber dicho eso antes…

–No te preocupes –lo interrumpió Amelia.

Pero la asustaba tanto que volviera a caer en su adicción… ella se había portado de manera escandalosa para lidiar con la presión de la prensa y Auggie había recurrido a las drogas, algo que había estado a punto de destrozar su vida.

–Un beso, Lia.

–Un beso –dijo ella antes de colgar.

Aunque su hermano fuera una constante preocupación, lo necesitaba. Necesitaba que la llamase, aunque sólo fuera para pedirle ayuda. Él era un hombre con el que sí sabía lidiar, pensó.

Tal vez no había decepcionado a *todos* los hombres de su vida y con Auggie era ella misma.

Interesante, pensó. Tal vez ser ella misma era mejor de lo que creía. Tal vez ésa era la clave para encontrar el equilibrio que buscaba.

Después de ponerse un poco de brillo en los labios miró hacia la ventana. Había pensado ir conduciendo, pero estaba lloviendo y no le gustaba conducir con lluvia.

Además, si salía con su coche, Tommy y los demás paparazzi la seguirían…

Aquello era más difícil de lo que debería, pensó.

Se había cambiado de ropa más veces de lo habitual, entraba y salía de su apartamento como si fuera una intrusa y ahora iba a tener que… ¿qué?

Amelia decidió llamar a Bebe. Seguro que ella podía ayudarla.

–Necesito que me hagas un favor –le dijo, en cuanto su amiga contestó al teléfono.

–¿Qué necesitas?

–Tengo una cita con Geoff esta noche y no quiero que me sigan los fotógrafos. ¿Qué tal si vienes a echarme una mano?

–No me importaría, pero los fotógrafos no van a seguirme a mí.

–No, pero había pensado que podríamos ir juntas a un bar y luego yo podría escaparme por la parte de atrás.

–¿No puedes ir en tu coche?

–Los paparazzi conocen mi coche –dijo Amelia. Tenía un Jaguar muy llamativo, por eso lo había comprado. Le gustaba que la gente la viese tras el volante de un coche tan especial, pero no esa noche.

–¿Por qué no vienes a mi casa? –sugirió Bebe–. Mi padre está aquí, él puede llevarte donde quieras.

–¿Tu padre?

–Los paparazzi no seguirán a un Rolls. Ellos saben que tú conduces un deportivo.

Bebe tenía razón, de modo que colgó y salió de su apartamento para tomar un taxi. Y, aunque debería estar molesta por tener que usar tantos subterfugios, no lo estaba. Sencillamente, estaba contenta porque iba a ver a Geoff otra vez.

Geoff llegaba tarde, algo que no solía ocurrirle a menudo. Conducía su Bugatti Veyron hacia el aeropuerto cuando su móvil empezó a sonar.

–¿Sí?

–Hola, Geoff. Soy Mary.

Mary Werner.

–Hola, Mary. ¿Te importa si hablamos mañana? Ahora mismo voy conduciendo…

–Sólo quería saber si vas a ir conmigo a esa cena benéfica… ¿recuerdas que hablamos de ello?

Geoff ni siquiera había vuelto a pensar en Mary, un detalle feísimo por su parte. Tenía que romper con ella de manera oficial, aunque seguramente ya sabía lo de Amelia.

–Si quieres que vaya contigo, no hay problema.

—Sería importante para mí, aunque ya sé que... —Mary no terminó la frase.

—Lo siento mucho, debería haberte llamado. Sé que hemos salido juntos algunas veces y...

—No hace falta que te disculpes, no esperaba que pidieses mi mano. En realidad, sólo somos amigos, ¿verdad?

—Sí, creo que sí. Siento mucho que las cosas no fuesen de otra manera.

—Yo también, pero creo que nos hubiéramos aburrido el uno al otro.

Geoff rió.

—Nos parecemos demasiado.

—Y a mí nunca me has besado como besabas a Amelia en la foto del periódico.

—Encontrarás a un hombre que te bese así, Mary.

—Eso espero. Cuando vi la fotografía me sentí un poco dolida, pero sobre todo me dio envidia. Quiero que un hombre me bese así y que no le importe que el mundo entero esté mirando.

—Espero que lo encuentres —dijo Geoff. Y lo decía sinceramente, quería que Mary fuera feliz.

—¿Nos vemos el miércoles entonces?

—Claro. Iré a buscarte a tu casa.

Geoff se sintió aliviado después de esa conversación. Podrían haber sido una buena pareja porque los dos eran personas comprometidas y serias, pero la vida habría sido mortalmente aburrida.

Después de conocer a Amelia sabía que necesitaba a alguien que despertara su pasión, una mujer que le diera color a su mundo. La necesitaba a ella.

Su móvil sonó de nuevo en ese momento.

–Soy Henry.

–Dime, Henry.

–Me gustaría invitarte a un partido de la liga de fútbol juvenil. Mi padrastro es el entrenador.

–¿Cuándo? –preguntó Geoff.

Henry se lo dijo y, después, Geoff aprovechó para pedirle consejo.

–A ti te sigue la prensa a menudo. ¿Cómo lidias con ellos?

–Fingiendo que no están –contestó su hermanastro–. Van a seguirme de todas formas, así que no les hago caso. ¿Por qué lo preguntas? ¿Tiene algo que ver con Amelia Munroe?

Geoff se preguntó si debería haber mantenido la boca cerrada, pero quería conocer su opinión.

–Sí, tiene que ver con ella.

–A mí no me persiguen tanto como a Amelia, pero yo creo que lo mejor es vivir tu vida como si no estuvieran ahí. Si intentas evitarlos, te encuentran de todas formas y puede ser un infierno.

–No era precisamente eso lo que esperaba escuchar –dijo Geoff.

–¿Qué querías, una formula secreta para librarte de los fotógrafos?

–Algo así.

Henry soltó una carcajada.

–Eso no va a pasar, amigo. Nunca. Aunque no salieras con Amelia, te seguirían por Malcolm y por el título de tu madre.

–Normalmente, me dejan en paz.

Seguramente gracias a su padrastro. Cuando decidió que se mudasen al campo porque su madre estaba al borde de un ataque de nervios, los fotógrafos habían dejado de molestarlos.

–¿Has hablado con Ainsley Patterson, de *Fashion Quarterly*, sobre la entrevista? Mi madre está encantada.

–La mía no tanto. No le gusta salir en las revistas.

–Ya me lo imagino, pero mi familia esta acostumbrada.

–¿Qué ha dicho la madre de Steven?

–He oído que se iba a Berna para hablar con ella en persona. Steven cree que ese artículo ayudará a los inversores a creer que el grupo Everest es seguro y que no tendrán que preocuparse por el futuro de las empresas Devonshire cuando Malcolm muera.

–Steven tiene muchas ideas para la compañía, pero Edmond interviene demasiado, en mi opinión –dijo Geoff.

–Sí, es cierto. Y tampoco le importa nada meterse en nuestros asuntos personales.

–Dímelo a mí.

–He visto tu foto en el periódico y no creo que debas preocuparte. Lo que pasa es que Edmond pertenece a una generación diferente… además, él sabe que Malcolm estuvo a punto de perderlo todo cuando se hicieron públicas sus aventuras amorosas y hará lo que haga falta para que la empresa siga siendo solvente.

–Mi vida es mía, no voy a dejar que nadie me diga lo que tengo que hacer.

–Ten cuidado. Edmond no va a dejar que ninguno de nosotros se cargue el grupo Everest.

Charlaron durante unos minutos más y, poco después de cortar la comunicación, llegó al hangar donde guardaba su avioneta. Pero seguía pensando en su conversación con Henry. Su hermanastro tenía razón, tendría que ir con cuidado porque no pensaba despedirse de Amelia.

Amelia siempre había envidiado la relación de Bebe con sus padres. Carlotta y Davis eran una pareja atractiva y romántica a pesar de llevar casi treinta años casados. Seguían dándose la mano y Bebe los había pillado besándose a escondidas más de una vez.

–¿Tienes tiempo para tomar una copa? –le preguntó su amiga.

–Sí, gracias.

–Mi padre acaba de hacer martinis. Y los hace de maravilla.

–Muy bien, un martini entonces –Amelia intentó sonreír.

–Bueno, cuéntame qué tal con Geoff. Y luego quiero saber qué vais a hacer esta noche. La verdad es que estoy emocionada.

–¿Por qué? –preguntó Amelia, dejándose caer en el sofá.

–Porque nunca has salido con un hombre tan interesante como Geoff…

–Geoff Devonshire –dijo Carlotta, que entraba en el salón en ese momento–. ¿Estás saliendo con él? Yo conozco a su madre.

Amelia se dio cuenta de que la madre de Bebe podía contarle muchas cosas sobre Geoff y su familia.

–Creo que voy a conocerla este fin de semana.

–Entonces debéis de ir en serio. Geoff no suele presentarle a sus novias.

–Sólo hemos salido juntos una vez.

–Pero han quedado esta noche –intervino Bebe.

–¿Y ya quiere presentarte a Louisa? –exclamó Carlotta–. Qué bien. Davis tardó meses en presentarme a su madre. Entonces no podíamos separarnos ni un minuto…

–Eso fue hace treinta años, mamá –Bebe lanzó un bufido.

–Pero el amor siempre es el amor, hija.

–No sé si esto es amor –empezó a decir Amelia, cortada–. Sólo hemos salido una vez.

–¿Y te parece diferente al resto de los hombres con los que has salido?

–Geoff es diferente, sí –admitió ella. Y ésa era una de las razones por las que le gustaba tanto. ¿Pero amor? No, no estaba dispuesta a aceptar eso todavía. Era demasiado pronto.

¿Y si Geoff no podía enamorarse de ella?, se preguntó.

¿Quería que se enamorase? Ella nunca había soñado con el matrimonio porque el de sus padres no había sido feliz, pero de vez en cuando pensaba que estaría bien tener una relación como la que tenían los padres de Bebe.

–Seguro que hacéis una pareja perfecta –dijo Carlotta–. ¿A qué hora tienes que irte? Creo que Davis está dispuesto a hacerte de chófer.

–Gracias. Nos vamos cuando él me diga.

–No tan rápido. Aún no me has contado nada –protestó Bebe.

–Me iré para que puedas contárselo –dijo Carlotta prudentemente. Pero antes de salir le dio una palmadita en el hombro–. Estar enamorado es lo mejor del mundo, pero también puede dar mucho miedo. A veces uno siente que se pierde a sí mismo.

Cuando Carlotta salió del salón, Bebe se acercó un poco más.

–Cuéntamelo todo.

–No sé qué contarte… una parte de mí quiere enamorarse de Geoff y que él se enamore también. Pero mírame, tengo que venir aquí para engañar a los fotógrafos… parezco una espía en una película de James Bond.

–¿Y la otra parte? –le preguntó Bebe.

Amelia se encogió de hombros. ¿Cómo podía ponerlo en palabras? Se sentía como lo había descrito Carlotta: asustada y emocionada al mismo tiempo.

–No lo sé. Nunca había sentido algo así por ningún hombre.

–Pues yo creo que eso es bueno. Y si acaba siendo algo serio, me pido ser tu dama de honor.

Amelia sacudió la cabeza.

–¿Y si yo me enamoro y él no? ¿Y si Geoff quiere que cambie? Ya me ha pedido que evite a los fotógrafos, algo que no había hecho nunca.

–No te está cambiando, está dejando que seas diferente. Y puede que no sea tan malo.

–Eso espero –murmuró Amelia.

–Cariño, últimamente lo más escandaloso que haces es correr por Hyde Park.

–Sí, es verdad. Sé que he cambiado… ya no soy una cría irresponsable.

–Pues eso está muy bien. No temas ser la nueva Amelia. Por ti, no por él.

En realidad, nunca le había gustado la antigua Amelia y no sabía cómo era la nueva. Pero estar con Geoff le gustaba mucho y cuando Davis la dejó en la puerta del hangar no le pareció que fuese una segunda cita. Le parecía como si fuera el principio de una nueva vida.

Capítulo Nueve

Cuando Amelia entró en el hangar, Geoff sintió una oleada de emoción a la que no podía poner nombre. Nunca había conocido a nadie que lo afectase tanto como ella. Tenía un aspecto sexy e inseguro a la vez y tuvo que hacer un esfuerzo para no comérsela a besos.

Amelia miró la manta en el suelo del hangar.

—¿Vamos a merendar aquí?

—Espero que no te importe.

—No, claro que no —Amelia sonrió mirando la manta, la cesta y las flores.

—¿Cómo has llegado aquí? —Geoff se preguntaba si la merienda sería interrumpida por los paparazzi. Esperaba que no fuera así porque quería estar solo con aquella mujer que, súbitamente, le importaba tanto.

—Me ha traído el padre de Bebe. Afortunadamente, los paparazzi se marcharon pensando que iba a pasar la noche en su casa. Pensaba venir sola pero todos conocen mi coche y, además, no me gusta conducir cuando llueve.

—¿Por qué no?

—Tuve un accidente una vez. No me pasó nada, pero me asustó muchísimo. Choqué contra otro coche cuando el mío patinó y no sé... hizo que me diera cuenta de que no podía controlarlo todo.

—¿Cuántos años tenías?

–Veinticinco. Es curioso porque en ese momento había perdido el control de mi vida... fue cuando salió ese vídeo en YouTube. Entonces me dedicaba a llamar la atención, me ponía ropa muy llamativa... en fin, ya sabes. Me llevaron al hospital porque me había dado un golpe en la cabeza y los periodistas dijeron que había bebido.

–¿Y habías bebido?

–No, no era verdad. Entonces descubrí que los periodistas inventaban lo que les daba la gana para vender revistas y desaparecí durante unas semanas para pensar. Fue entonces cuando empecé a trabajar en serio para la fundación Munroe. En realidad, ese accidente cambió mi vida.

–Me alegro –dijo él–. Pero sobre todo me alegro de que no te pasara nada –añadió, tomándola entre sus brazos.

Había pensado hablarle de la llamada de teléfono de Edmond, pero decidió que eso podía esperar. Al día siguiente se dedicarían a apagar fuegos, por el momento la noche era suya.

Amelia apoyó la cabeza en su pecho y, aunque una parte de él quería pensar que aquello sólo era una atracción física, sabía en el fondo que había algo más.

Mucho más.

–Espero que te guste el pollo marsala.

–Me encanta. Mi madre es italiana, como sabes.

–¿Y cocina bien?

–Sí, pero no lo hace a menudo porque tiene un cocinero en casa. La verdad es que nunca ha cocinado mucho, incluso antes de convertirse en una famosa diseñadora.

–¿Siempre fue famosa? –le preguntó Geoff.

–Antes era modelo. Empezó a diseñar cuando mi hermano y yo éramos pequeños y siempre dice que nos debe el éxito a nosotros.

–Eso está muy bien. En cierto modo, os ha hecho parte de su negocio.

Amelia sonrió.

–Nunca lo había pensado, pero así es. Yo siempre pensé que se aburría con nosotros.

–A lo mejor no quería quedarse en casa cuidando de los niños y esperaba que también vosotros aspiraseis a algo más –aventuró Geoff, haciendo un gesto para que se sentase en la manta mientras él abría una botella de vino.

–Y mira el resultado: mi hermano y yo nos pasamos la vida viajando de un lado a otro.

–Y trabajando en la empresa de vuestro padre.

–Eso es más fácil que trabajar en un sitio extraño, ¿no? Un sitio del que te pueden echar –bromeó Amelia.

–No creo que a ti te echasen de ningún sitio. Eres demasiado encantadora.

Ella miró alrededor.

–¿Ése es tu coche?

–Sí, un Bugatti Veyron. Es muy rápido.

–A ver si lo adivino: te gusta pisar el acelerador y ponerte tras los mandos de tu avioneta porque entonces nadie sabe quién eres.

–Exactamente –asintió Geoff–. Conducir ese coche es lo más parecido a pilotar mi avioneta, que es lo que más me gusta en el mundo.

–¿Eso es lo que más te gusta?

–Bueno, hasta hace poco, cuando encontré algo que me hace sentir tan feliz como pilotar.

–¿Qué es?

–Tú.

Amelia lo miró con sus ojazos azules y el corazón de Geoff dio un vuelco.

–¿Yo?

–Sí, tú.

–Me da miedo creerte.

–No tengas miedo.

–¿Y si no saliera bien?

–Saldrá bien –dijo él.

Y esas palabras eran algo más que una afirmación, eran una promesa que Geoff no quería romper por nada del mundo.

Amelia nunca había estado en la cabina de un avioneta y le gustaba ver a Geoff maniobrar el aparato para sacarlo del hangar. Él le explicaba lo que iba haciendo y Amelia lo observaba todo hasta que recibió el visto bueno de la torre de control para despegar.

La tormenta había pasado y el cielo estaba despejado de nubes, de modo que la noche era clara. Tenían los auriculares puestos para poder hablar y Geoff le hizo una visita guiada de la ciudad desde el cielo, señalando las zonas conocidas.

Algunas eran fáciles de identificar, pero otras le parecían un misterio, como si estuviera viendo Londres por primera vez. Pero entendía la emoción de Geoff. Era lógico que hubiera tenido tanto éxito como piloto de la RAF, pensó entonces. Parecía hecho para volar.

—Nunca había visto Londres así.

—Desde aquí se ve la ciudad desde otra perspectiva.

—Hace una noche preciosa, además. Siempre me ha gustado la noche.

—¿Por qué?

Amelia se encogió de hombros.

—Supongo que porque de noche nadie espera nada de ti.

Geoff soltó una carcajada.

—O sea, que puedes hacer lo que quieras, ¿no?

—Algo así. Durante el día todo el mundo exige esto o lo otro, tienes compromisos… pero por la noche nadie puede decirte lo que debes hacer. Es un respiro.

—Por cierto, ¿cómo te has librado del compromiso que tenías?

—Prometiéndole a Cecelia que comería con ella dentro de dos semanas. Es muy buena amiga de mi madre y me ha dado pena cancelar la cena, pero como sabía que había quedado contigo no le ha parecido mal.

—¿Ah, sí? ¿Por qué?

Amelia carraspeó, incómoda. ¿Por qué había sacado el tema? Tal vez Cecelia pensaba que Geoff Devonshire estaba dispuesto a sentar la cabeza, pero a ella le preocupaba ser su última aventura antes de que buscase una esposa respetable como Mary Werner, una chica que nunca hubiera dado un escándalo.

—Porque le pareces una buena persona.

—Eso suena aburrido.

–Tú no eres aburrido.

–Gracias –Geoff sonrió, girando la cabeza para mirarla–. Tú me haces sentir vivo. De una manera diferente… es algo que no había sentido nunca, ni conduciendo ni pilotando mi avioneta.

Amelia tragó saliva. Aquello era más de lo que había esperado escuchar. ¿Estaría enamorándose de ella? Le gustaría creerlo, pero…

¿O estaría ella convirtiéndolo en el héroe que había soñado encontrar algún día?

Suspirando, alargó una mano para ponerla sobre su pierna.

–Me gusta que me toques –dijo Geoff.

–Y a mí me gusta tocarte –le confesó ella–. No me canso de ti. Esta mañana, cuando estabas desnudo en la cocina, me di cuenta de que me gustabas más de lo que creía.

–¿Un hombre desnudo te parece irresistible?

Amelia soltó una carcajada.

–No, no todos.

Sólo él. Él era diferente y le gustaría creer que aquello iba a terminar bien, pero tenía miedo de hacerlo.

Geoff aterrizó en el aeropuerto y llevó la avioneta hacia el hangar. Pero después de quitarse los auriculares no se movió.

–Gracias por llevarme a dar un paseo por el cielo. Ha sido espectacular –dijo Amelia.

–Me alegro de que lo hayas pasado bien. Tengo un bimotor con la cabina abierta que te gustará mucho más. Puedes sentir el viento en la cara y es una sensación maravillosa. Haré un par de tirabuzones y giros para que disfrutes…

—¿Disfrutar de qué, de ver cómo toda mi vida pasa ante mis ojos? —lo interrumpió Amelia.

—No correrás ningún peligro y es muy emocionante.

—Puede que tú lo creas, pero yo prefiero ir en una cabina cerrada.

—Mientras sea mi cabina, me parece bien —dijo él.

Estaba excitado desde que Amelia puso la mano en su muslo y ahora que estaban de vuelta en tierra firme la quería desnuda.

Alargó una mano sin decir nada y, despacio, deshizo el nudo del pañuelo que llevaba al cuello, dejando que colgase sobre su pecho.

—Quítate la chaqueta.

Ella arqueó una ceja.

—Ya era hora.

—Quítate la chaqueta y la blusa, pero déjate el pañuelo.

Amelia sintió que le ardía la cara, pero hizo lo que le pedía. Cuando estaba desnuda de cintura para arriba, Geoff alargó una mano para acariciar sus pechos. La noche anterior había notado que eran muy sensibles y quería excitarla tanto como lo estaba él.

Pasó los dedos suavemente por uno de sus pezones y después los rozó con la punta del pañuelo. Y, de inmediato, vio que Amelia se mordía los labios.

—¿Te gusta?

—Mucho.

Amelia se inclinó hacia delante para besarlo y Geoff se apoderó de sus labios, deslizando sinuosamente la lengua en su boca mientras ella se agarraba a sus hombros.

–Te deseo… ahora.

–No, aún no. Quiero saber si puedes tener un orgasmo así...

–No, quiero que te desnudes.

Geoff sonrió mientras la veía levantar las caderas para quitarse los vaqueros y las braguitas. Pero cuando la vio desnuda dejó de pensar y alargó una mano para trazar la delgada línea de vello entre sus piernas. Se inclinó luego para rozarla con los labios, respirando su femenino aroma…

–¿Qué haces?

–Saboreándote –contestó él mientras la abría con los dedos para rozar el capullo escondido con la punta de la lengua. Al sentir que Amelia sujetaba su cabeza sonrió, satisfecho, mientras introducía dos dedos.

Ella arqueó la espalda, dejando escapar un gemido. Sabía que estaba a punto del clímax y no pudo resistirse a llevarla hasta el final. Usó la boca y las manos para hacer que perdiese la cabeza y la oyó murmurar su nombre mientras sus músculos se cerraban.

Cuando Amelia se echó hacia atrás en el asiento, Geoff se quitó el pantalón y los calzoncillos y la sentó sobre sus piernas. Se empaló en ella sin esperar, inclinando la cabeza para buscar sus pechos con los labios, tirando de un pezón con fuerza mientras ella se movía arriba y abajo.

Le encantaba estar así, no se cansaría nunca.

Amelia musitó su nombre con voz ronca y Geoff la

sujetó por la cintura, apresurando sus movimientos al sentir que se acercaba el orgasmo.

Estaba a punto de dejarse ir pero quería asegurarse de que ella hubiera terminado y mordió suavemente uno de sus pezones para llevarla hasta el final.

Amelia gritó entonces y Geoff dejó escapar un gemido ronco, empujando una vez más antes de quedar agotado.

Apoyó la cabeza en su pecho y la sujetó con fuerza mientras los dos intentaban respirar.

Teniéndola entre sus brazos no pensaba que pudieran ser demasiado diferentes, no pensaba que ese tipo de atracción se quemaba muy deprisa sin dejar nada atrás. No pensaba en nada más que en ella.

Sabía que debería hablarle de la actitud de Edmond, y de otras personas, que pensaban que Amelia Munroe no debería asociarse con la corporación Devonshire, pero no podía hacerlo en ese momento.

Capítulo Diez

Sus hermanas estaban esperándolo cuando volvió del trabajo el viernes, agotado. Después de soportar que los paparazzi lo siguieran durante dos días estaba empezando a cansarse de ellos y tenía que encontrar la manera de despistarlos.

Había estado evitando las llamadas de Edmond y su madre durante todo el día y encontrar a Gemma y Caroline allí… sentía la tentación de subir al coche y marcharse lejos de la ciudad y lejos de todo.

Pero él nunca había huido de los problemas.

–Hola, pequeñajas.

–Hola, hipócrita –dijo Caro.

–¿Yo? ¿Por qué lo dices, por Amelia?

–¿Por qué tú puedes salir en las revistas todas las semanas y yo no puedo llevar a Paul a tu casa el domingo? –le espetó su hermana.

Geoff se pasó una mano por el pelo, dejando escapar un suspiro.

–Llévalo si quieres. No me importaría charlar con él.

–Pero tienes que ser amable con él o yo interrogaré a Amelia.

–Haz lo que quieras, Amelia es mayorcita. ¿Puedes decir lo mismo de Paul?

Caroline sonrió.

–Pues claro que sí. Es un profesional.

–Bueno, ya está bien. Quiero hablaros de mamá –intervino Gemma.

La mayor de sus hermanas siempre había sido la más seria y, además, había hecho el papel de madre desde muy joven.

–¿Se encuentra bien?

–No estoy segura. Me llamó anoche para hablar sobre ti… me parece que ver tus fotos en el periódico le ha recordado su relación con Malcolm Devonshire.

A Geoff no le gustó nada escuchar eso. La ruptura con su padre biológico había hecho que su madre se convirtiera en una reclusa y sólo cuando conoció al padre de las chicas empezó a salir de casa otra vez.

–Conocer a Amelia este fin de semana la tranquilizará. Yo no soy Malcolm, no estoy jugando con ella.

–Me alegro –dijo Gemma–. Y ahora que eso está aclarado, ¿a quién debo llevar yo?

–No tienes que llevar a nadie si no quieres.

En realidad, no había organizado una gran fiesta, sólo un encuentro entre Amelia y su familia.

–Si Caro va a llevar a Paul, yo debería llevar a alguien.

–Como quieras –Geoff suspiró.

–¿A qué hora tenemos que estar allí?

–Alrededor de mediodía.

Cuando las chicas se marcharon, Geoff entró en su estudio. Nunca se había visto a sí mismo como el hijo de Malcolm Devonshire, pero sabía que se parecía a su padre, mucho más que los otros dos. Todos tenían los ojos de Malcolm pero, además, él había heredado sus facciones.

Y, por primera vez, pensó en cómo eso habría afectado a su madre. Siempre lo había querido, no tenía la menor duda, pero ver la cara de Malcolm en la de su hijo debía de haber sido difícil para ella. Y que los fotógrafos lo persiguieran por su relación con Amelia parecía estar asustándola de verdad.

De modo que era doblemente importante evitar a los sabuesos. No sólo para que los dejasen en paz, sino para que su madre no tuviera que revivir aquel episodio tan duro de su vida.

Su teléfono empezó a sonar en ese momento.

—¿Sí?

—Geoff, soy Edmond —dijo el abogado de Malcolm, tuteándolo por primera vez—. Tenemos que vernos.

—Seguramente encontraré un rato el lunes, pero tendrás que hablar con mi secretaria.

—Esto no puede esperar.

—No puedo verte esta tarde, lo siento. ¿Tiene algo que ver con Air Everest?

—No, es sobre Amelia Munroe. Ya te advertí que no debías seguir viéndola…

—Soy un adulto —lo interrumpió Geoff—. No puedes decirme con quién puedo salir y con quién no. Y como Air Everest va incluso mejor de lo que esperábamos, no entiendo de qué te quejas.

Edmond dejó escapar un largo suspiro.

—Muy bien, pero tengo que verte este fin de semana. Tienes que firmar unos papeles.

—¿Qué papeles?

—Tu padre…

—Malcolm.

—Sí, bueno, Malcolm ha sabido de tu relación con Amelia Munroe…

–¿Es algo relativo a nuestro acuerdo comercial? Porque eso es lo único que le concierne.

–Según mis fuentes, el acuerdo es con Auggie Munroe. En cualquier caso, Malcolm quiere que firmes un documento prometiendo no mantener una relación amorosa con Amelia Munroe.

–No pienso firmarlo, de modo que puedes ahorrarte el viaje.

Si necesitaba otra prueba de que Malcolm Devonshire era un canalla, ahí la tenía.

–Si no lo firmas, perderás los derechos a tu herencia, Geoff. Y no sólo eso, también tus hermanastros perderán su parte. Tu padre está dispuesto a arruinarte…

–Que lo intente. Mi reputación está por encima de cualquier reproche.

–Pero la de Amelia no.

No le gustaba nada que Edmond amenazase a Amelia y eso era una amenaza, pura y simple.

–Puede que Malcolm esté acostumbrado a dejar a las mujeres tiradas, pero yo no lo estoy. No voy a dejar que la amenace y no voy a firmar nada, puedes decírselo.

Geoff colgó el teléfono antes de que Edmond pudiera replicar. Pero sabía que su relación con Amelia tendría que pasar al siguiente nivel o terminar del todo porque los medios y su padre biológico estaban haciendo todo lo posible para separarlos.

Amelia se quedó sorprendida cuando abrió la puerta el viernes por la tarde y encontró a su hermano en el rellano. Auggie parecía cansado y llevaba la camisa muy arrugada.

–¿Tienes un momento para mí?

–Sí, claro –murmuró ella, mirando el reloj–. Tengo cuarenta minutos.

–Estupendo –dijo Auggie–. Ayer hablé con el consejo de administración sobre tu idea de convertirme en el rostro de la cadena Munroe y les parece bien. Y voy a empezar apoyando el acuerdo con Air Everest.

–¡Eso es genial! –exclamó Amelia. El consejo ya se lo había notificado, pero no había ninguna razón para decírselo a su hermano.

–He pensado que sería mejor que yo me encargase de las negociaciones. No me parece muy apropiado que lo hagas tú si estás saliendo con él.

Amelia no podía creer que Auggie dijera eso.

–No voy a hacer nada que perjudique a la cadena Munroe. Además, el acuerdo aún no es oficial.

–No te enfades, pero Fredrikson me ha dicho que, a menos que queramos cargarnos la empresa, lo mejor es que me encargue yo de todo.

–¿Cómo que no me enfade? Llevo años dirigiéndolo todo por detrás y ahora, porque estoy saliendo con Geoff, alguien cree que ya no sé hacer mi trabajo… es insultante.

–Así es la vida –dijo Auggie filosóficamente–. Y hasta que Fredrikson se retire o lo echemos del consejo no podemos hacer nada.

Su hermano parecía dispuesto a llevar la empresa por primera vez en años y Amelia lo miró, sorprendida.

–Has cambiado.

–Sí, lo sé.

–¿Por qué? ¿Tiene algo que ver con esa semana libre que necesitabas tan urgentemente?

Auggie se encogió de hombros.

–Me tomé unos días libres porque… bueno, digamos que estaba saliendo con alguien pero no ha funcionado.

–Te ha dejado una chica.

–No una chica, Lia, *la chica*. Y la única manera de recuperarla es ordenando mi vida de una vez.

–Me alegra mucho saber eso. Espero que lo consigas.

–¿Y Geoff y tú? ¿Vais en serio?

–Más en serio que nunca –Amelia suspiró–. Pero no sé qué va a pasar. Sé que a Geoff no le gusta que los periodistas le persigan y, si quieres que te diga la verdad, yo también estoy harta. Pero no sé cómo hacer que me dejen en paz.

Auggie la abrazó.

–Si encuentras la manera, dímelo.

–¿Has hablado con papá?

–No, si hablo con él volveré a dudar de mí mismo. Creo que tengo que hacer esto solo.

–Si me necesitas, ya sabes dónde estoy.

–Sí, lo sé. Pero creo que ya te he pedido ayuda demasiadas veces.

–No me importa –dijo Amelia. Y lo decía en serio. Era su hermano y le gustaba cuidar de él.

–¿Necesitas algo? ¿Puedo hacer algo por ti?

–Pues sí, dos cosas. ¿Te importaría quedarte con Godiva este fin de semana? Voy a pasarlo fuera de Londres.

–Muy bien. ¿Qué más quieres?

–Una semana más trabajando en el acuerdo con Air Everest. Luego te lo pasaré a ti.

–De acuerdo.

Diez minutos después, Auggie se marchó con Lady Godiva en brazos y Amelia terminó de guardar sus cosas en una bolsa de viaje. Geoff iría a buscarla en diez minutos y estaba deseando que empezase el fin de semana… y temiéndolo a la vez.

No sabía qué esperaría de ella la madre de Geoff. No tenía costumbre de conocer a las familias de sus novios porque siempre habían sido gente como ella, que vivía en su propio mundo, viajando de un lado a otro, sin lazos con nadie.

Pero Geoff tenía una familia y querían conocerla. ¿Querría él conocer a la suya?

Le gustaba muchísimo y se encontraban cómodos el uno con el otro, pero eso no significaba que la relación fuese a durar.

¿Y si ella no era la mujer de su vida? Le gustaría estar con Geoff para siempre y temía que, si rompían, no podría volver a ser la misma.

Amelia sacudió la cabeza para apartar tan tristes pensamientos. Se estaba volviendo loca.

Amelia parecía pensativa cuando fue a buscarla y no hablaron mucho mientras iban a Bath. Afortunadamente, no los seguía ningún coche, seguramente porque conducía un Audi negro y no el llamativo Veyron.

Amelia llevaba un trajecito muy sexy que dificultaba su concentración, pero se daba cuenta de que le pasaba algo.

–¿Qué ocurre, en qué piensas? –le preguntó.

–Mi hermano ha estado en mi casa antes de que fueras a buscarme.

—¿Y?

—Ha hablado con el consejo de administración y, a partir de ahora, él llevará las negociaciones con Air Everest.

—¿Por qué? –preguntó Geoff.

—Al consejo no le parece apropiado que yo lleve las negociaciones porque estamos saliendo juntos. Creo que temen que me dejes y todo se vaya al traste.

—Eso no va a pasar.

—¿Que me dejes o que todo se vaya al traste? –preguntó Amelia.

Geoff la miró. Llevaba unas gafas de sol, de modo que no podía ver sus ojos pero notaba que estaba tensa.

—Si nuestra relación termina, será porque los dos estamos de acuerdo en que hemos llegado al final.

Amelia se colocó las gafas sobre la cabeza.

—¿Dónde crees tú que vamos, Geoff?

—No estoy seguro. Sólo sé que no me gusta la idea de estar sin ti.

—A mí me pasa lo mismo. Pero cuando Auggie me habló de las dudas del consejo tuve que preguntarme si el de tu empresa pensaría de la misma forma.

Geoff se encogió de hombros. Sabía que, si le hablaba de las amenazas de Edmond, Amelia empezaría a dudar de sí misma y del preacuerdo al que habían llegado. Y él era más que capaz de lidiar con Edmond y con Malcolm.

Además, no quería arriesgarse a hacer algo que la alejase de él. Si Auggie se encargaba del acuerdo, no tendrían una razón para verse todos los días y él quería que todo el mundo lo supiera, que vieran qué clase de mujer era Amelia Munroe. Y que era suya.

–Yo no le doy explicaciones a nadie.

–Todos tenemos que hacerlo, Geoff.

–Air Everest no es lo más importante del mundo para mí.

–Pero es la empresa de tu padre.

–Malcolm es mi padre biológico, pero nada más. No lo conozco siquiera, se puso en contacto conmigo y con los demás porque se está muriendo.

–Lo siento –dijo ella–. No lo sabía. ¿Tú crees que quiere compensaros por el tiempo perdido?

–No, no lo creo. Lo único que quiere es que su empresa siga adelante, por eso nos ha puesto a prueba.

–Tú mereces algo más que eso.

–Malcolm es un extraño para mí, de modo que lo que piense o lo que diga no me interesa en absoluto.

–Pues él se lo pierde –murmuró Amelia–. No puedo creer que nunca haya intentado ponerse en contacto contigo.

–No, nunca. Nuestras vidas han seguido caminos diferentes.

–Pues yo me alegro de que el tuyo y el mío se hayan cruzado. Estando contigo siento… no sé, me siento en paz.

–Y tú has traído emoción a mi vida.

–Caos querrás decir.

Geoff tomó su mano para llevársela a los labios.

–Con tal de tenerte a mi lado merece la pena cualquier caos. Incluso tener que soportar a los paparazzi.

–¿De verdad? A veces pienso que sería mejor para ti que dejásemos de vernos. Pero no puedo hacerlo…

–Mejor, porque te quiero a mi lado.

Geoff sabía que evitar a los paparazzi debía de ser

difícil para ella y agradecía sus esfuerzos. Pero, al mismo tiempo, sabía que no podían seguir así. Tenía que encontrar la manera de hacer que los fotógrafos dejaran de perseguirlos.

A menudo había envidiado a su familia, la rama que iba a heredar el trono, pero él no podría vivir como ellos, teniendo que dar explicaciones, viendo su vida publicada en los periódicos todos los días, siendo juzgado a todas horas...

Cuando entraron en Bath pisó el freno y señaló alrededor.

–¿Te gusta?

–Me encanta –dijo Amelia–. Es uno de los sitios más bonitos de Inglaterra.

–No todo el mundo estaría de acuerdo, pero yo sí.

Le encantaban los jardines bien cuidados, las aguas del río Avon y los preciosos edificios antiguos. La influencia de los romanos seguía visible en el centro, cerca de los famosos baños, pero era la catedral medieval lo que dominaba la ciudad.

–¿Desde cuándo tienes casa aquí?

–Desde la época de la universidad. Vine con uno de mis compañeros para visitar a su familia y decidí que quería tener una casa en un sitio tan bonito. Vengo a menudo, pero es la primera vez que traigo a una mujer.

Amelia apretó su mano.

–Eso es muy halagador. Y seguro que me va a gustar mucho.

Geoff sabía que sería así. Y estaba decidido a encontrar la manera de solidificar su relación con Amelia ese mismo fin de semana.

Capítulo Once

Amelia no había esperado que la familia de Geoff la aceptase tan fácilmente. Sus hermanas eran muy divertidas y él, a pesar de sus bromas, era evidentemente el patriarca.

En el balcón, mirando la ciudad de Bath el domingo por la tarde, por fin reconoció que estaba enamorada de Geoff. No había ocurrido ese fin de semana, sino la primera noche, cuando se disculpó por haber pensado mal de ella.

Hacer el amor con él en la terraza de su ático, y todo lo que había ocurrido después, la había unido a él para siempre. Geoff Devonshire era todo lo que había buscado siempre en un hombre.

–Entonces, te gusta mi hermano –le dijo Gemma directamente.

–¿Por qué dices eso?

–Porque no dejas de mirarlo con esos ojitos… y no me extraña, es un buen chico. Un poco arrogante, pero majo.

–Es un poco mandón –reconoció Amelia.

–Nosotras hacemos lo que podemos, pero como es el mayor siempre cree que lo sabe todo.

–Porque lo sé –intervino Geoff, ofreciéndole una copa a cada una.

–Estamos hablando entre nosotras, pesado.

–Y yo he decidido interrumpir.

–¿Lo ves? Es imposible.

Geoff le tiró del pelo antes de tomar a Amelia del brazo para alejarse un poco.

–Me caen muy bien tus hermanas.

–Tú también a ellas. Pero mi madre llegará enseguida y creo que debería contarte algo que no he mencionado hasta ahora.

–¿A qué te refieres?

–Mi madre tiene miedo de que te trate como Malcolm la trató a ella.

–¿Y por qué cree eso?

–No lo sé –Geoff suspiró–. Pero el otro día me recordó que todas las mujeres, incluso las que parecían más despreocupadas, tenían un corazón que se podía romper.

Amelia parpadeó, sorprendida. Sabía que iba a gustarle la madre de Geoff. Cualquier mujer que dijera algo así conocía el mundo en el que ella vivía.

–A todos pueden hacernos daño, incluso a un hombre como tú.

–Sí, es cierto.

–Caro me ha dicho que le advertiste sobre su relación con Paul porque es un futbolista famoso.

–Sí, pero lo nuestro es diferente –dijo Geoff, sin avergonzarse de la doble moral que establecía entre sus hermanas y él.

–¿Por qué es diferente?

–Porque los dos sabemos que yo no estoy utilizándote.

–Tal vez tu hermana también sabe que Paul no va a utilizarla.

Él se encogió de hombros.

–Hasta que esté seguro de ello, tendrá que hacerme caso. Yo adoro a mis hermanas, pero no quiero que ningún hombre las haga sufrir.

–Me alegro de que seas tan protector con ellas. Sería estupendo que todo el mundo fuera sincero con los demás.

–Sí, desde luego. Pero eso significa confiar en que el otro no va hacerte daño, ¿no?

–Sí, claro. Y eso es lo más difícil.

–Yo no voy a engañarte, Amelia.

–Ya lo sé.

–Por cierto, hay algo de lo que debería hablarte. Es sobre…

–Geoff, cariño, ven a darle un beso a tu madre.

Él se volvió antes de terminar la frase. Parecía preocupado cuando empezó a hablar, pero no sabía por qué. ¿Habría algún problema?, se preguntó Amelia.

Mientras lo veía abrazar a su madre se dio cuenta de que ése era su sueño secreto, aquella familia. Le gustaría formar parte de ella, pero seguía sintiéndose insegura.

Si Geoff la amase, pensó, todo lo demás iría rodado. Sólo tenía que repetirse eso a sí misma.

Geoff le dio a su madre un abrazo de oso y, de inmediato, se vio rodeado por el familiar aroma a Chanel Número 5. Aunque varios diseñadores se habían ofrecido a hacer una fragancia especialmente para ella, su madre prefería usar el perfume que había usado toda la vida.

Llevaba un pantalón de color caramelo y una blusa de seda blanca, el pelo rojizo sujeto en un moño suelto. Y Geoff se dio cuenta, no por primera vez, de lo guapa que era su madre.

–Siento llegar tarde, cariño.

–No pasa nada. Ya sabes que no me importa esperarte.

–¡Mami! –gritó Caro–. Ven, voy a presentarte a Paul. Está deseando conocerte.

Paul se reunió con ellos en ese momento.

–Encantado de conocerla. Caro me ha hablado mucho de usted.

–Por favor, llámame de tú. A partir de ahora, soy Louisa.

–Será un placer, Louisa.

Paul y su madre charlaron mientras Geoff observaba a Amelia, esperando el momento adecuado para presentarla. Pero ella se había acercado a Gemma y su acompañante de ese fin de semana, Robert Tomlinson, el hijo del primer ministro británico.

Y entonces se dio cuenta de que aquélla era la vida que quería. Estaba cansado de salir por ahí y quería pasar más tiempo con su familia. Y, sobre todo, con Amelia.

Quería tener una pareja y la quería ya. Estaba listo para unir su vida a la de Amelia Munroe, sólo esperaba una señal de que ella quería lo mismo.

Pero tal vez Amelia echaría de menos su antiguo estilo de vida...

Sabía que la satisfacía en la cama, pero en la vida había otras cosas aparte del sexo. Y pensar que su felicidad le importaba tanto lo sorprendió.

–Es una chica guapísima –dijo su madre.

–Sí, lo es –asintió él–. Uno no puede dejar de mirarla.

–Ya sé que no hablas de tu vida privada, pero me gustaría saber que te pareces más a mí que a Malcolm.

–No hay manera de demostrar algo así, mamá.

–Lo sé, cariño –Louisa le dio una palmadita en el brazo–. No quería decir eso.

Ese asunto siempre había sido un problema entre ellos y a veces se preguntaba si Malcolm Devonshire sería consciente de lo que había sufrido su madre cuando la abandonó.

–Hablando de Malcolm, ¿has recibido una llamada de Ainsley Patterson o su ayudante?

–Sí, la he recibido –Louisa dejó escapar un suspiro–. Quiere entrevistarme… a mí y a las otras dos mujeres.

–¿Y vas a hacerlo?

–¿Tú quieres que lo haga? No me apetece nada, pero tampoco quiero ser la única que se niegue.

–Por lo que sé, a la madre de Steven tampoco le hace mucha gracia.

–Es doctora en física, ¿verdad?

–Sí, lo es. He hablado con Ainsley y me ha asegurado que la entrevista será sobre moda, nada más.

–No lo sé, sigo pensándolo. Sé que significaría publicidad para la compañía, pero no creo que necesites dinero.

Geoff sonrió. Quien hubiera intentado utilizar el dinero como razón para que diese la entrevista se había equivocado de medio a medio. Su madre tenía más dinero que Midas y no entendía que el vil metal fuese razón para hacer nada.

–Si no quieres hacerlo, no tienes por qué.

–¿De verdad no te importaría?

–No, mamá.

–Bueno, ¿vas a presentarme a Amelia?

–Estoy aquí –dijo ella, acercándose.

Geoff ya empezaba a sospechar cuánto la quería, pero ver esa sonrisa tímida mientras se acercaba a su madre se lo confirmó.

–Hola, Amelia.

–Hola, Alteza.

–Por favor, llámame Louisa.

–Tienes tres hijos estupendos, Louisa.

–Sí, lo sé. Mis hijos son espectaculares.

Amelia soltó una carcajada.

–Y tan modestos como tú.

Louisa Strathearn se volvió hacia su hijo.

–Me gusta esta chica, Geoff.

–A mí también.

–Déjanos un momento para que podamos hablar a solas, hijo.

–Muy bien, como quieras –Geoff tomó a Amelia por la cintura para darle un beso en los labios–. Lo eres todo para mí –le dijo al oído.

Louisa tomó a Amelia del brazo para llevarla al jardín, donde podían charlar a solas.

–Espero que no te moleste que te aparte de los demás.

–No, en absoluto. Yo también quería hablar contigo –dijo Amelia–. Siento mucho que publiquen fotografías de Geoff y de mí, sé que no te gusta.

–No es culpa tuya y Geoff ya es mayorcito para saber lo que hace. Además, él sabe lidiar con los medios de comunicación.

–¿No haciéndoles caso?

–Bueno, a nosotros nos ha ido bien. Pero creo que tú lo ves de otra manera.

–Sí, así es. Yo utilizo esas fotos para llamar la atención sobre temas de los que se ocupa mi fundación y para promocionar los hoteles de la cadena Munroe. Pero ahora… bueno, ahora que salgo con Geoff la verdad es que resultan una molestia.

–Yo fui así una vez. Vivía mi vida sin pensar en las consecuencias, pero a veces hay que pagar un precio muy alto.

–Sí, claro –Amelia intentó sonreír–. Pero debes saber que Geoff es un chico estupendo, me trata muy bien.

–Lo sé, es maravilloso. Siempre lo ha sido, pero el mundo en el que vivimos puede cambiar a un hombre. ¿Sabes que yo estuve prometida con Malcolm Devonshire?

–No, no lo sabía. De hecho, sé muy poco sobre vuestra relación.

–Cuando empezó a circular la noticia fue cuando él empezó a asustarse –dijo Louisa, apenada–. Creo que temía que intentase cambiarlo y, para ser justo, seguramente lo habría hecho.

–Creo que lo entiendo. El matrimonio de mis padres fue muy tumultuoso.

–¿Están divorciados?

–No, pero no viven juntos. Su pasión es… abrumadora.

–Ah, entonces no pueden dejar de verse pero tampoco pueden vivir juntos.

–Exactamente.

–¿Es eso lo que te pasa a ti con mi hijo?

Amelia intentó encontrar las palabras adecuadas mientras paseaban por el jardín.

–No, entre nosotros hay mucha pasión, pero la relación es muy serena. No sé si lo entenderás, pero mi vida ha sido caótica y estar con Geoff me hace sentir… feliz.

–Claro que lo entiendo. Y creo que es así como debería ser.

–Me alegro de que pienses eso.

Louisa apretó su mano entonces.

–Necesito un consejo y puede que tú seas la única que pueda dármelo. Me han pedido una entrevista para una revista de moda, junto con las otras dos amantes de Malcolm. Quieren hacer una retrospectiva y dejar claro que las tres éramos completamente diferentes…

–Pero a ti no te gusta aparecer en los medios.

–No, yo siempre he evitado ese tipo de cosas. Pero creo que usar la entrevista para demostrar que no soy una víctima podría ser una buena idea.

Amelia no sabía qué decir.

–Yo siempre intento que las fotografías me reporten algún beneficio e intento que den la imagen que yo quiero dar. Tal vez deberías dar la entrevista, pero con condiciones.

Louisa asintió con la cabeza.

–También yo he pensado que debería hacerlo porque, si soy la única que no aparece, seguramente quedaré fatal.

–Todo el mundo sabe que has utilizado tu dinero para fundar una organización que ayuda a madres solteras.

–Sí, bueno, eso es sólo dinero y tengo mucho. Y mucho tiempo libre.

Antes de que pudiera decir nada más, Caro, Gemma y Paul salieron al jardín con Robert y Geoff tras ellos.

Entre todos pusieron la mesa y, después de almorzar, Paul intentó que jugasen un partido de fútbol. Amelia no era muy atlética, algo de lo que todo el mundo se dio cuenta cuando intentó darle la primera patada al balón y fracasó estrepitosamente.

–Me temo que el fútbol no es lo mío.

–No te preocupes, yo te enseñaré –dijo Geoff, tomándola por la cintura–. Tienes que doblar las rodillas… así.

Amelia se olvidó de todo salvo del calor de sus manos.

–¿Así?

–Recuerda que debes relajarte.

Cuando la pelota rodó hacia ella sobre el césped. Amelia levantó la pierna y la lanzó hacia Caro.

–¡Lo he hecho!

–Eso es trampa –protestó Gemma–. Mi hermano te está ayudando.

–Es que no se me da muy bien. No soy muy deportista.

–No, es verdad –asintió Geoff–. Pero yo no cambiaría ni una sola cosa de ti.

134

Sus palabras la emocionaron tontamente y, durante unos minutos, sintió como si estuviera flotando, como si todo fuera maravilloso. Pero, aunque se sentía aceptada por Geoff y su familia y por fin había admitido que lo amaba, sabía que las cosas aún estaban por resolver.

Geoff le ocultaba algo, estaba segura. Y tenía que ser algo importante porque había intentando hablarle de ello en dos ocasiones y cada vez que tenía que interrumpir la conversación veía en sus ojos que se estaba acabando el tiempo.

Capítulo Doce

Amelia estaba sentada en el balcón, viendo cómo el sol se ponía sobre la ciudad de Bath mientras Geoff atendía al abogado de Malcolm, que había llegado misteriosamente unos minutos después de que se fuera su familia. Ella conocía a Edmond a través de Cecelia, pero el hombre apenas la había mirado. En fin, tal vez tenían cosas urgentes que solucionar.

Estaba cansada, pero no era una mala sensación. Sentía que aquel fin de semana había cambiado su perspectiva sobre la vida. Louisa había sido como un soplo de aire fresco y un ejemplo de que amar y perder no significaba rendirse. La madre de Geoff tenía una energía que ella esperaba tener a su edad.

Hacía un poco de frío ahora que el sol se había puesto y Amelia se envolvió en un chal de cachemir. Las luces de la ciudad de Bath empezaban a encenderse y pensó que podría ser feliz en aquel sitio.

Había paparazzi en la zona porque muchos famosos vivían allí, pero no parecían acercarse a la finca de Geoff.

—Lo siento mucho —se disculpó él, saliendo al balcón—. No esperaba tardar tanto.

—No me importa, estaba disfrutando del atardecer.

—¿Qué tal lo has pasado?

—Muy bien, me gusta mucho tu familia. Son exactamente lo que siempre he soñado tener. Y, por un momento, me ha parecido que también eran mi familia.

–Me encanta compartir mi familia contigo.

–Gracias, Geoff –Amelia estuvo a punto de preguntar qué iba a decirle antes, cuando los interrumpieron, pero no se atrevía.

Geoff se sentó en la hamaca, a su lado, y ella puso las piernas sobre las suyas.

–Lo que hay entre nosotros me gusta mucho. No quiero que termine.

–Yo tampoco. Te has convertido el alguien muy importante para mí. No sé cómo ha pasado porque me juré a mí misma que no iba a ocurrir, pero…

Geoff la miró con un brillo de ternura en los ojos. Y Amelia sentía que se iluminaba por dentro cuando la miraba de ese modo.

–No has podido evitarlo.

–No –asintió ella, mientras Geoff se inclinaba para besarla.

–Será mejor que nos vayamos –dijo después–. Tengo una semana muy complicada por delante.

La sensación de felicidad empezó a desaparecer. Pero sabía que eran dos personas ocupadas, ella tenía su vida y Geoff la suya.

–Bueno, voy a guardar mis cosas…

–Amelia.

–¿Sí?

–¿Quieres vivir conmigo?

¿Vivir con él? No sabía si estaba preparada para eso. Pero, al mismo tiempo, la idea la emocionaba. Quería pasar más tiempo con Geoff… pero no estaba segura del todo.

–¿Puedo pensarlo durante unos días?

–¿Qué tienes que pensar?

–Es que no estoy segura.

–¿De qué tienes miedo?

–De necesitarte demasiado.

–Me tienes, no pienso irme a ningún sitio –dijo Geoff.

–Por ahora –dijo ella, estudiando su expresión.

–Si te hiciera una promesa, ¿me creerías?

–No lo sé –admitió Amelia.

–Vamos a intentarlo. Pasemos un par de noches juntos y ya veremos qué pasa.

Amelia quería decir que sí porque, si dejaba que el miedo la motivase, nunca tendría una vida feliz.

–Muy bien, pero tendrás que quedarte en mi casa. Tengo que cuidar a mi perrita.

Geoff rió y, por un momento, el brillo de preocupación que había en sus ojos desapareció.

–Muy bien. ¿Quieres elegir unos días en particular?

–No porque te vas a reír de mí.

–Te juro que no. ¿Lunes, miércoles y viernes?

–El próximo fin de semana tengo que ir a París para dar una conferencia sobre la fundación.

–Miraré mi agenda, pero creo que puedo ir contigo. A menos que prefieras ir sola.

–No, me encantaría ir contigo.

Planear el futuro la hacía sentir que eran una pareja de verdad. Le daba miedo confiar, pero decidió que, por el momento, iba a hacerlo. No podía hacer nada más.

Estaba enamorada de Geoff y viviendo con él podría descubrir si estaban hechos el uno para el otro. Tendría que confiar en que le contase qué era lo que lo preocupaba. Si le estaba pidiendo que viviesen juntos, no podía tener nada que ver con ella, se decía a sí misma.

Geoff no era la clase de hombre que dejaba las cosas a medias y vivir con Amelia era como dejarlas a medias. Se había visto con Auggie y con ella durante la semana para tratar sobre el acuerdo y le habría gustado hacer oficial su compromiso, pero Amelia se mostró fría y extrañamente seria.

Edmond había dejado otro mensaje de advertencia en su buzón de voz y, francamente, estaba empezando a cansarse. No había discusión posible, si tenía que elegir entre Air Everest y Amelia, se quedaría con Amelia.

Además, estar con ella lo hacía más decidido a triunfar y a hacer que ese acuerdo entre las dos empresas fuera beneficioso para todos.

Cuando su secretaria le recordó que tenía que acudir a una cena benéfica el miércoles con Mary Werner, Geoff llamó a Mary para confirmar la cita y luego a Amelia, para decirle que llegaría tarde a casa.

–Yo también tengo que ir a una cena de trabajo –dijo ella, después de comprobar su agenda.

–Muy bien, nos vemos cuando llegue a tu casa.

–Y entonces te tendré para mí sola –Amelia suspiró.

–Eso suena bien.

–¿De verdad?

–De verdad. Me gusta verte *casi* todos los días –bromeó Geoff.

–Entonces estaré en casa a las once.

–Yo intentaré llegar lo antes posible.

–Me llaman por la otra línea, hasta luego –Amelia colgó antes de que él pudiera decir nada más.

Geoff fue a buscar a Mary a su casa de Notting Hill, sin dejar de pensar en Amelia.

–Hola –lo saludó ella, muy guapa con un vestido de color rosa.

Geoff se inclinó para darle un beso en la mejilla y, al hacerlo, le pareció escuchar un clic a su espalda. Pero cuando se volvió sólo vio a un hombre paseando con su perro.

Sorprendido, sacudió la cabeza. Los fotógrafos que seguían a Amelia a todas partes lo estaban volviendo paranoico, pensó.

–¿Nos vamos?

–Espera, voy a buscar mi bolso.

Unos minutos después llegaban al hotel en el que tendría lugar la cena. Geoff le dio las llaves al aparcacoches y tomó a Mary del brazo para entrar en el hotel. En la entrada había una alfombra roja y muchos fotógrafos, por supuesto.

–Gracias por venir conmigo –dijo ella.

–De nada. Es un evento importante.

–Es una de las causas que apoya tu madre, ¿verdad?

–Creo que es una causa que importa a todas las mujeres y, como yo tengo madre y hermanas, también es importante para mí.

Mary sonrió.

–¿Quieres bailar?

Geoff no quería abrazar a una mujer que no fuese Amelia, pero un baile con Mary no parecía mucho pedir.

–Muy bien, vamos.

–¿Esta canción?

Era una de Steph Cordo, un músico de rock cuyos discos producía su hermanastro para Everest Records.

–¿Por qué no?

Bailaron juntos, riendo, pero cuando terminó la canción pusieron una balada de John Mayer.

–Ah, una lenta.

–Bueno, pero sólo una –bromeó Geoff.

Mary puso una mano en su hombro y él la tomó por la cintura. Parecía particularmente alegre esa noche, pensó.

–Deberías bailar más a menudo. Despierta otra faceta de tu personalidad.

–¿Tú crees?

–Definitivamente.

–¡Devonshire! –lo llamó alguien entonces.

Geoff giró la cabeza y tuvo que cerrar los ojos, cegado por un fogonazo. Genial, Edmond y Malcolm se pondrían furiosos, pero ya se encargaría de ello.

Intentaba decirse a sí mismo que esa fotografía no tenía importancia y que no debía preocuparse, pero temía que Amelia la viese de manera diferente. Cuando terminó la canción llevó a Mary a la mesa, con expresión seria.

–Tengo que irme.

–Yo voy a quedarme un poco más, pero no te preocupes, tomaré un taxi para volver a casa.

Después de despedirse de todos, Geoff salió del hotel y se dirigió a casa de Amelia para evitar males mayores.

***

Amelia estaba cenando en casa de Dominic Regenti, con su mujer y Bebe, de modo que tenía la oportunidad de ver a sus amigos, tomar una copa y hablar de Geoff toda la noche.

–Hoy me ha enviado flores a la oficina. ¿Te lo he contado?

–Como una docena de veces –dijo Bebe.

–Ha sido un detalle muy bonito. Son las mismas flores que cuelgan en los balcones de las calles de Bath –siguió Amelia–. Estuvimos paseando por la ciudad y nadie nos molestaba, fue estupendo.

Bebe puso una mano en su brazo.

–Lo sé, lo sé. Fue un fin de semana maravilloso, algo que no parecía real.

–Ya te lo he contado, ¿verdad? –Amelia rió.

–Un montón de veces, pero no me importa. Creo que estás enamorada.

–Yo también lo creo –asintió ella.

Dominic se sentó a su lado entonces.

–¿Qué es lo que crees?

La fiesta era para un círculo muy reducido: Bebe, Dominic y su mujer, Lucinda. Dominic y Amelia se habían conocido años atrás, en uno de los desfiles de su madre. Tenía quince años más que ella y entonces salía con otra chica. Lucinda y él se habían conocido años más tarde.

–¡No digáis nada hasta que salga! –gritó Lucinda desde la cocina, donde preparaba el postre.

Lucinda era una chef que se había hecho famosa trabajando en el programa de cocina de Gordon Ramsay. Había trabajado con él durante unos meses, pero poco después el productor le ofreció su propio programa. Y fue entonces cuando Dominic empezó a salir con ella.

—No diremos una palabra —dijo Amelia, riendo.

—Bueno, aquí estoy —anunció unos segundos después, entrando en el salón con una bandeja.

—Espera, yo la llevo —se ofreció Dominic.

—Cuéntanos cosas de tu chico. ¿Qué tal con Geoff?

—Muy bien. Geoff es… —Amelia no sabía qué decir sin confesar lo que sentía por él y parecer una tonta. Y aún tenía miedo de que su relación no llegara a ningún sitio—. Me ha enviado flores a la oficina, las mismas que vimos en Bath este fin de semana.

—Ah, para recordarte el tiempo que pasasteis juntos —Lucinda suspiró—. ¿Por qué tú no haces eso, Dominic?

—Porque eres alérgica a las flores, cariño.

—Ah, es verdad —Lucinda rió, besando a su marido.

—También me ha enviado una talla de Botswana, que es donde nos conocimos. Y cuando estoy con él me siento como si fuera la única mujer en el mundo.

—Ya es hora de que encontrases un hombre así —opinó Dominic—. ¿Por qué no lo has traído esta noche?

—Porque tenía que ir a una cena benéfica. Está tan ocupado como yo, pero intentamos pasar el mayor tiempo posible juntos.

—Eso es lo más difícil —dijo Lucinda—. Que Dominic viajase tanto fue un problema al principio de nuestra relación.

—Porque ella es una cabezota y no quería dejar su trabajo para ir conmigo.

—¿Y por qué no dejaste tú el tuyo para estar con ella? —exclamó Bebe.

–Oye, que le ofrecí un dineral por ser mi chef personal.

–Espero que dijeses que no, Lucinda.

–Pues claro que me dijo que no, pero al final encontramos la manera de entendernos.

Amelia lo estaba pasando bien, pero mientras tomaban el postre se dio cuenta de que echaba de menos a Geoff. Echaba de menos tenerlo a su lado, disfrutando de la cena con ella.

Estar enamorado era algo más que un sentimiento, pensó, era una obsesión. Le habrían caído bien sus amigos, estaba segura. Quería que se integrase en su vida y no sería feliz hasta que así fuera.

Feliz, pensó. Ella nunca había sido feliz del todo. Temía creer que su relación con Geoff iba a durar y eso no era justo ni para sí misma ni para Geoff. Y estaba deseando llegar a casa para decírselo.

No iba a esconder su amor. Quería la vida que Dominic y Lucinda tenían y huir del amor no era la clave para encontrar la felicidad.

Salió de allí alrededor de las once, más tarde de lo que había pensado, y tenía un nudo en el estómago mientras paraba un taxi para ir a su casa, donde confiaba que Geoff estuviera esperándola.

Capítulo Trece

Amelia bajó del taxi y se dirigió al portal. Tommy le hizo una fotografía y le preguntó por Geoff pero, como hacía siempre, ella se limitó a sonreír. Si tuviera que contestar a las preguntas de todos los fotógrafos, no haría nada más.

Introdujo la tarjeta en el ascensor para subir al ático y cuando salió de él y vio a Geoff con el móvil en la mano su corazón dio un vuelco.

Él cortó la comunicaron al verla y se acercó, con una sonrisa en los labios.

–¿Qué tal la cena?

–Bien, pero te he echado de menos. Hasta esta noche no me había dado cuenta de que te has convertido en parte de mi vida –le confesó Amelia.

–Tú también eres muy importante para mí.

Amelia se inclinó para acariciar a Lady Godiva, que había acudido corriendo como de costumbre, antes de enviarla a su cama. Y luego hizo lo que llevaba toda la noche deseando hacer: echarse en los brazos de Geoff y apoyar la cabeza en su hombro.

–Tenemos que hablar –dijo él.

Ella levantó la cabeza, sorprendida por el tono serio.

–¿Ahora mismo? Yo esperaba que me llevases a la cama.

–Nada me gustaría más, pero…

Amelia lo silenció con un beso apasionado en el que puso todo el amor que guardaba dentro y, por fin, Geoff la tomó en brazos para llevarla al dormitorio.

Riendo, empezó a quitarle la corbata. Por un momento pensó que iba a detenerla, pero por fin Geoff tiró de la blusa para quitársela antes de desabrochar su pantalón, murmurando palabras que la encendían aún mas.

–Desnúdate –le dijo, con voz ronca.

Amelia lo hizo y cuando se volvió para dejar la falda sobre un sillón Geoff la abrazó por detrás, apretándose contra su espalda desnuda. Notaba el roce de su erección y echó las caderas hacia atrás para acariciarlo…

–Te necesito.

–Yo también te necesito a ti.

Amelia sintió un pellizco en el bajo vientre cuando la penetró por detrás. En esa posición lo sentía más intensamente que nunca...

Geoff deslizó una mano hasta el triángulo de rizos entre sus piernas y acarició su centro de placer mientras seguía moviéndose adelante y atrás.

Inclinado sobre su hombro, le murmuraba cosas al oído y Amelia se sentía completamente rodeada por él, su mundo concentrado por completo en Geoff.

Cuando sintió el orgasmo murmuró su nombre y, unos segundos después, Geoff dejó escapar un gemido ronco mientras la llenaba con su esencia. Después, cayó sobre la cama, sin soltarla, los dos sudando y respirando agitadamente.

–Te quiero –dijo Amelia, sin poder evitarlo.

Geoff la miró y, sin decir nada, volvió a hacerle el amor hasta que los dos quedaron agotados.

Pero, mientras se quedaba dormida, Amelia no podía dejar de pensar que él no le había dicho «te quiero».

Geoff despertó con el sol entrando por la ventana. Estaba en la cama de una mujer que le había confesado su amor por la noche y saboreó ese recuerdo durante unos segundos… antes de que se le encogiera el corazón al pensar que había dejado algo sin solucionar.

Le habían hecho una fotografía con Mary por la noche y tenía que contárselo a Amelia antes de que ella la viese en el periódico. Y eso no era todo lo que tenía que decirle.

Oyó que sonaba el teléfono de Amelia y, un segundo después, sonó su móvil. Geoff miró la pantalla y, al ver que era Edmond, saltó de la cama y se puso el pantalón a toda prisa para ir a la cocina, una sospecha rondando su mente.

Amelia estaba en la puerta, con la perrita bailando a sus pies. Estaba muy pálida y tenía un ejemplar de *The Sun* en la mano.

–¿Cómo has podido hacerme esto? –exclamó.

–Puedo explicártelo –empezó a decir Geoff, mirando la primera página.

Había una foto de él besando a Amelia en las calles de Bath con el siguiente pie de página: *El domingo*. Al lado, una foto de él besando a Mary en la cena de la noche anterior. Y el pie de página decía: *El lunes*.

El titular del artículo era: *Geoff Devonshire vence a la mundana heredera en su propio juego*.

—¿Qué significa esto?

Geoff tomó el periódico, dejando escapar un suspiro.

—Debería habértelo contado anoche.

—¿Contarme qué?

—Que fui a la cena con Mary.

Amelia tenía lágrimas en los ojos. Le había hecho daño y no era ésa su intención, al contrario.

—No hay nada entre Mary y yo —empezó a decir—. Nada en absoluto. La acompañé a la cena porque era una cita que teníamos hace tiempo, Amelia. Pero, por supuesto, esta basura de periódico intenta hacer que parezca lo que no es.

—No estoy celosa de Mary Werner —dijo ella—. Si quieres estar con ella, me parece bien, pero al menos podrías haber tenido la cortesía de decírmelo.

—Yo…

—¡No, por favor! No intentes justificarte ni explicar nada. Yo no soy una cría con la que pasar un buen rato para dejarla a un lado después. Te pregunté por Mary, ¿recuerdas?

—No voy a dejarte a un lado, Amelia. Te he pedido que vivas conmigo.

—Eso no es suficiente. Pensé que anoche no podías decirme que me querías porque te costaba trabajo decirlo en voz alta… pero ahora veo a lo que estás jugando.

—Yo no estoy jugando a nada. Por favor, escúchame…

—Quiero que te vayas, Geoff. No quiero volver a verte.

—Tú sabes que no iría de la cama de una mujer a otra...

–Sé que es cierto, pero no sé si puedo mantener la cabeza alta mientras el resto del mundo cree que soy sólo una más en tu vida.

–Tú sabes que eso no es verdad…

En ese momento empezó a sonar el teléfono de nuevo.

–No podemos seguir viéndonos –anunció Amelia.

–¿Por qué no?

–Porque te quiero, idiota, y no puedo soportar verte en una foto con otra mujer. Y ésta no será la última. Vayas donde vayas siempre habrá un fotógrafo intentando encontrar alguna prueba de que eres igual que tu padre.

Geoff empezaba a enfadarse de verdad.

–Yo no soy Malcolm. Y jamás te he faltado al respeto.

–Has aparecido en el periódico con dos mujeres diferentes –le recordó Amelia–. Dime una cosa: ¿estás empezando a hacer comparaciones?

–No digas tonterías.

–Tú sabes tan bien como yo que olvidarnos del asunto no serviría de nada.

–Lo único que sé es que tú ni siquiera quieres intentarlo. Estás dejando que el miedo guíe tus decisiones…

–¿Miedo de qué?

–De estar con un hombre que no va a dejar que lo asustes con tu irreflexivo comportamiento. Creo que te da miedo vivir una vida normal, Amelia. Seguramente estabas esperando que pasara algo así y estás dispuesta a utilizarlo como excusa para apartarme de tu vida.

El móvil de Geoff no dejaba de sonar. No contestó al ver el número de sus hermanas en la pantalla, pero cuando lo llamó su madre supo que tenía que hacerlo.

—¿Cómo has podido hacerle eso a Amelia?

—No es lo que parece, mamá —Geoff suspiró, agotado.

Amelia tomó en brazos a Lady Godiva y se dirigió al salón, sin mirarlo.

—Ese comportamiento es totalmente inaceptable.

—Madre, no seas tan dramática.

—No estoy siendo dramática. Tienes dos hermanas, Geoff, te he educado como a un hombre de bien.

—Y soy un hombre de bien, mamá. No te preocupes, yo lo arreglaré.

—Espero que así sea. Llamaré a Amelia más tarde, pero quiero que sepas que estoy muy disgustada contigo.

—Lo sé.

Geoff cortó la comunicación, pero el móvil volvió sonar de inmediato y esta vez era Edmond.

—Imagino que habrá visto el periódico.

—Por supuesto que sí. ¿Por qué está complicando la situación? —le preguntó el abogado—. ¿No era suficiente con Amelia Munroe?

Lo que Amelia había dicho era cierto, pensó Geoff. Todo el mundo estaba dispuesto a creer que era el digno hijo de Malcolm Devonshire, un hombre que no podía quedar satisfecho con una sola mujer.

—Mire, necesito solucionar esta situación como sea. Amelia es más importante que Malcolm para mí.

—¿Ah, sí?

–Y tengo que encontrar la manera de arreglarlo. Como sea.

–Pues buena suerte. Creo que le hará falta.

Geoff no sabía cómo hacerlo, pero cuando salió del apartamento y atravesó la barrera de paparazzi que esperaban en el portal se le ocurrió una idea.

Llamó a Tony aparte y le pidió que se vieran por la tarde para hacer unas fotografías. Luego fue a su casa y llamó a sus hermanastros para que supieran cuál era su plan.

–Creo que estás loco –opinó Henry–. Pero eso es lo que te hace el amor.

Amor.

Jamás pensó que lo admitiría, pero la idea de perder a Amelia lo angustiaba de tal forma que no tuvo más remedio que reconocerlo. Y supo entonces que la había amado desde el día que la conoció.

–Sí, es verdad.

–Estoy de acuerdo –dijo Steven–. Yo fui a Nueva York cuando podía haber enviado a mi ayudante sólo para tomar una copa con Ainsley.

Geoff rió, alegrándose de poder compartir aquello con sus hermanastros.

–¿Estás seguro de que esa publicidad es lo que necesitamos?

–Definitivamente –dijo Henry.

–Tenemos que demostrarle a todo el mundo que los Devonshire saben tratar a las mujeres.

–Estoy de acuerdo.

Después de colgar, Geoff miró el cartel que había hecho. Y, con el cartel en la mano, subió a su Veyron para ir al apartamento de Amelia, donde lo esperaba Tommy.

Sabía que aquello podía salir mal, pero también sabía que, si no se arriesgaba, podría perder al amor de su vida.

Cuando llegó al edificio, bajó del coche y sujetó el cartel mientras Tommy le hacía unas fotografías.

–Espero que esto salga mañana en *The Sun* –le dijo, dándole unos billetes.

–Desde luego que sí.

Geoff no quería marcharse pero sabía que era el momento de esperar, de modo que volvió a subir a su coche y se marchó, esperando que al día siguiente Amelia viese el periódico.

Bebe llegó poco después de que Geoff se hubiera marchado y se quedó a dormir allí. Tomaron martinis, charlaron y lloraron juntas. Bebe intentaba consolarla, pero para Amelia no había consuelo.

Por la mañana, su móvil empezó a sonar y cuando miró la pantalla vio que era su hermano.

–Hola, Auggie.

–¿Estás bien, Lia? He visto el periódico de ayer y no sé qué decir. Estoy dispuesto a romper el acuerdo con Air Everest… no voy a permitir que nadie te trate de ese modo.

–Gracias, Auggie, pero el negocio es lo primero. Y ésta podría ser tu oportunidad de permanecer en el consejo.

–No, tú eres lo primero. Sé que no he sido el mejor hermano mayor que se puede tener, pero estoy dispuesto a compensarte.

–Gracias, cariño.

–Lo digo en serio. Pero ver el periódico de esta mañana me ha hecho dudar. ¿Lo has visto?

–No –Amelia se volvió hacia Bebe–. ¿Te importaría bajar a comprar *The Sun*?

–Voy ahora mismo.

Cuando Bebe se marchó, Amelia se quedó sentada en el sofá, con su perrita en brazos, totalmente desconsolada. Amaba a Geoff y lo echaba de menos como nunca.

–¡Amelia! –gritó Bebe desde el pasillo–. Tienes que ver esto.

Y cuando vio la fotografía del periódico se quedó helada. Era Geoff, con un cartel en la mano que decía: *Domingo, lunes y todos los demás días de la semana, amo a Amelia Munroe.*

Amelia se llevó una mano al corazón, incapaz de creerlo.

–Está abajo –dijo Bebe.

–¿Quién?

–Geoff, está abajo y quiere verte. ¿Le digo que suba?

–No lo sé. ¿Qué debo hacer?

Su amiga la abrazó.

–Escúchale, cielo. Estás enamorada de él, de modo que tiene que ser alguien especial.

Unos minutos después de que Bebe se marchase sonó el timbre. Amelia dejó a Lady Godiva en el suelo y fue a abrir la puerta, con el corazón encogido. Geoff estaba al otro lado, con aspecto de no haber pegado ojo en toda la noche.

–¿Puedo pasar?

Ella asintió con la cabeza.

–¿Has visto el periódico?

–Sí, pero eso no cambia nada.

–Te quiero. Eso lo cambia todo.

Amelia quería creerlo, pero temía confiar en él.

–Mientras estemos juntos habrá paparazzi esperando en la puerta, deseando pillarnos en un renuncio. Hagamos lo que hagamos, siempre encontrarán una manera de hacernos quedar mal. La heredera Munroe y un Devonshire… es cosa de risa para ellos.

–No es cosa de risa para mí.

–No es suficiente –dijo Amelia.

Geoff empezó a sudar. Escribir lo que sentía en ese cartel para que todo el mundo los viese era una cosa, pero decírselo a la cara… no quería que supiera que era tan vulnerable, que estaba tan enganchado. Que ella era su debilidad.

No sabía que pudiese amar a alguien como amaba a aquella mujer. Y eso lo asustaba.

–Me importas mucho.

Él era un hombre que siempre sabía lo que decir y cuándo decirlo, pero en aquel momento, enfrentado con la posibilidad de perderla, no era capaz de decir una frase coherente.

–Lo sé, pero no es suficiente.

Geoff sacudió la cabeza.

–Te quiero, Amelia.

–¿Qué?

–Ya me has oído. Y esta vez no pienso marcharme. Vamos a pasar el resto de nuestras vidas juntos.

–¿Lo dices en serio?

–Absolutamente –contestó él, tomándola entre sus brazos–. No pienso dejarte ir, Amelia Munroe. Eres lo mejor que me ha pasado nunca.

Ella lo abrazó sin decir una palabra más. Geoff sabía que aún había que solucionar muchas cosas, pero estaba decidido a convertir a Amelia en su esposa.

Durante todo ese mes, mientras hacían los planes de boda, Geoff acudió a varios eventos benéficos con ella. Siempre estaba a su lado, tocándola y besándola. Sin enviar un comunicado de prensa o decir una palabra a los medios, poco a poco los artículos cambiaron de tono y pronto empezaron a llamarlos «la pareja más romántica del año».

La madre de Amelia diseñó el vestido de novia, un vestido de seda absolutamente maravilloso. Bebe iba a ser la dama de honor y Geoff decidió pedirle a Paul que fuera su padrino porque sabía que iba en serio con su hermana.

Pero Geoff, Steven y Henry recibieron un telegrama dos días antes de su boda informándoles de que Malcolm había fallecido.

Geoff no sabía lo que sentían sus hermanastros, pero él sintió una punzada de tristeza por no haber podido conocer a su padre.

Steven fue declarado ganador de la competición que Malcolm les había impuesto y Geoff y Henry recibieron la oferta de continuar como presidentes de sus respectivas compañías, algo que ambos aceptaron.

La mañana de la boda amaneció clara y despejada y Geoff despertó a su prometida con un beso apasionado. Ocho horas después, Amelia seguía sonriendo mientras recorría el pasillo que la llevaba al altar.

Varios helicópteros de televisión sobrevolaban la

finca donde estaban casándose y un famoso fotógrafo les hizo las fotografías oficiales, pero Geoff y Amelia sabían que no necesitarían fotografías para recordar ese momento.

Mientras bailaban juntos, como marido y mujer por primera vez, ella le recordó su promesa de amarla durante el resto de su vida.

–Nunca rompería esa promesa –afirmó Geoff–. Te quiero demasiado, amor mío.

Deseo™

Cásate conmigo

RACHEL BAILEY

Ryder Bramson esperaba heredar las empresas de su padre, pero el testamento de éste había dejado la situación complicada. Para vencer a sus hermanastros, con quienes se disputaba la herencia, tendría que convertirse en el accionista mayoritario, y para ello necesitaba hacerse con las acciones de Ian Ashley. El problema era que Ian sólo estaba dispuesto a venderlas a quien se casara con una de sus hijas, Macy Ashley. Pero lograr ponerle el anillo en el dedo a Macy no iba a ser tan sencillo.

¿Se dejaría Macy convencer por aquel irresistible hombre de finanzas?

¡YA EN TU PUNTO DE VENTA!

Acepte 2 de nuestras mejores novelas de amor GRATIS

¡Y reciba un regalo sorpresa!

Oferta especial de tiempo limitado

Rellene el cupón y envíelo a
Harlequin Reader Service®
3010 Walden Ave.
P.O. Box 1867
Buffalo, N.Y. 14240-1867

¡Sí! Por favor, envíenme 2 novelas de amor de Harlequin (1 Bianca® y 1 Deseo®) gratis, más el regalo sorpresa. Luego remítanme 4 novelas nuevas todos los meses, las cuales recibiré mucho antes de que aparezcan en librerías, y factúrenme al bajo precio de $3,24 cada una, más $0,25 por envío e impuesto de ventas, si corresponde*. Este es el precio total, y es un ahorro de casi el 20% sobre el precio de portada. ¡Una oferta excelente! Entiendo que el hecho de aceptar estos libros y el regalo no me obliga en forma alguna a la compra de libros adicionales. Y también que puedo devolver cualquier envío y cancelar en cualquier momento. Aún si decido no comprar ningún otro libro de Harlequin, los 2 libros gratis y el regalo sorpresa son míos para siempre.

416 LBN DU7N

Nombre y apellido	(Por favor, letra de molde)	

Dirección	Apartamento No.	

Ciudad	Estado	Zona postal

Esta oferta se limita a un pedido por hogar y no está disponible para los subscriptores actuales de Deseo® y Bianca®.
*Los términos y precios quedan sujetos a cambios sin aviso previo.
Impuestos de ventas aplican en N.Y.

SPN-03

©2003 Harlequin Enterprises Limited

Bianca™

Descubrieron que el fuego de la pasión seguía ardiendo

El legendario aplomo del millonario griego Yannis Zervas estuvo a punto de saltar por los aires cuando se topó con Eleanor Langley.

La jovencita dulce y adorable que recordaba se había convertido en una ambiciosa y sumamente atractiva profesional de Nueva York, que lo miraba con ojos acerados, un fondo de ira y lo que parecía ser deseo.

A Yannis no le gustaban las emociones puras. Había contratado a esa fría mujer por motivos de negocios. Pero más tarde, cuando viajaron a Grecia y se encontraron bajo el cálido sol del Mediterráneo, la verdadera Ellie volvió a surgir...

El regreso del griego

Kate Hewitt

Deseo™

Legalmente casados

BARBARA DUNLOP

El multimillonario Zach Harper no podía permitir que una extraña se llevara
la mitad de su fortuna, aunque fuera su
esposa. Jamás hubiera podido imagi-
nar que una alocada boda en Las Ve-
gas llegara a convertirse en una pesa-
dilla. Sin embargo, el testamento de su
abuela había sellado con fuego un lazo
difícil de deshacer: su futuro estaba li-
gado al de Kaitlin Saville para siempre.
Zach creía que podía deshacerse de
ella ofreciéndole unos cuantos millones. Sin embargo, Kaitlin no quería dinero, quería una cosa que sólo Zach
podía darle... y Zach le juró que se lo
daría.

*¿Terminaría por romperse
aquel juramento?*